W0314786

btb

Aus Freude am Lesen

btb

Buch

Mendel Adenauer stammt aus einer Familie assimilierter Juden, die den Holocaust überlebt haben. Mendel, 1957 geboren, hält instinktiv Distanz zum Christentum, der Welt, die ihn umgibt. Dann, im Abiturjahr, verliert er seine ganze Familie. Die Großeltern sterben kurz nacheinander, die Mutter wandert nach Israel aus und fährt dort mit dem Jeep auf eine Mine. »Wir sind wie die Dinosaurier. Wir sterben auf einen Schlag aus«, sagt er einmal.
Als auch noch sein bester Freund nach England geht, entfernt sich der Außenseiter Mendel zusehends von der realen Welt. Er streift nächtelang über die Felder und durch die Wälder vor der Stadt, überläßt sich seinen Erinnerungen und Träumen, wird von Halluzinationen heimgesucht. Nur Anna ist ihm noch geblieben, seine große Liebe; sie ist die Tochter eines adligen Großgrundbesitzers, der im Krieg »auf der falschen Seite« stand. Bei ihr sucht er Zuflucht, während die Stimmen und Geschichten in ihm immer lauter werden.

Autor

Marcel Möring wurde 1957 in Enschede geboren und lebt mit seiner Familie in Rotterdam. Für seinen ersten Roman »Mendel« erhielt er 1991 den wichtigsten Debütpreis der Niederlande, den Geertjan-Lubberhuizen-Preis, und gilt seitdem als einer der bedeutendsten zeitgenössischen Literaten des Landes.

Marcel Möring bei btb

Modellfliegen(72917)

Marcel Möring

Mendel

Aus dem Niederländischen von Helga van Beuningen

btb

Die Originalausgabe erschien 1990 unter dem Titel
»Mendels erfenis« bei J. M. Meulenhoff bv., Amsterdam.

Umwelthinweis:
Alle bedruckten Materialien dieses Taschenbuches
sind chlorfrei und umweltschonend.

Der btb-Verlag ist einem Unternehmen der Verlagsgruppe
Random House.

1. Auflage
Genehmigte Taschenbuchausgabe November 2004

Umschlaggestaltung: Design Team München
Umschlagfoto: Ute Klaphake
Satz: Filmsatz Schröter GmbH, München
SR · Herstellung: Augustin Wiesbeck
Made in Germany
ISBN 3-442-72916-5
www.btb-verlag.de

Eins

I

»Das ist ein sehr schöner Chablis«, sagt Wessel. Er beugt sich über die Armlehne seines Sessels, hebt die Flasche aus dem beschlagenen Kühler und gießt eine kleine Weinpfütze neben Mendels Glas. Er legt seine Füße auf die Fensterbank. Ein schwaches Lüftchen geht durch das Gestrüpp am Bahndamm, in der Ferne ächzt ein Zug. »Das«, sagt er, »ist das Leben.«

Der Sommer ist ein Meer. Er geht nicht weg, er zieht sich in sich selbst zurück. An den verdorrten Sträuchern am Bahndamm hängen noch immer Brombeeren, bizarr und schwarz wie Tropfen geronnenen Bluts, und auf dem geklinkerten Weg zwischen den Häusern und dem Damm wispert Laub im Abendwind. Die Luft, die sacht durch die offenen Fenster hereinweht, ist schwer und süß, und die Vögel singen, als wollten sie das Hereinbrechen des Abends aufhalten, damit es ewig dämmrig bleibt, der Himmel für immer indigoblau, alles voll Erwartung. Aber es ist September, zwar ein September wie August, aber September.

Abend für Abend sitzen sie am Fenster, in den beiden einzigen Sesseln, die Mendel im Haus gelassen hat. Sie reden, sie trinken, sie hören Radio, lauschen dem Geheul und Geknarze aus fernen Ländern. Manchmal ziehen sie sich nachts ihre Mäntel an und gehen hinaus. Dann marschieren sie den Ring entlang durch die Stadt, eine Flasche Wein in der Hand, aus der sie abwechselnd trinken, bis sie auf den Feldern außerhalb der Stadt sind, trunkener vor Erwartung als vom Wein. Dort draußen streifen sie die ganze Nacht umher. Sie erschrecken vor den Wacholdersträuchern auf der Heide, sie schauen einer Eule nach, die dicht über einen Bauernhof streicht, sie sitzen auf einem Grabhügel am Rand eines Birkenwäldchens und blicken über das dunkle Land.

Doch an diesem Abend sitzen sie am offenen Fenster, schweigend. Sie starren ins Dunkel und lassen sich vom Weißwein wiegen, der in einem Kühler zwischen den Sesseln steht.

»*Ein* falscher Schritt«, hat Mendel vor einer Weile gesagt, »*ein* falsches Wort, und alles ist weg, *The Piper at the Gates of Dawn*, Abende, an denen es neunzehnhundertachtzig und gleichzeitig neunzehnhundertfünfzig ist. *Eine* Bewegung, und alles ist anders.« Was er eigentlich sagen (oder, besser noch, singen) wollte, war: Mein junges Leben hat ein End. Denn so scheint es: Die geheimnisvollen Jahre sind vorbei, in wenigen Tagen geht Wessel nach England. Mein junges Leben hat ein End, wollte er sagen und, wenn er das Pathos dieser Worte nicht gescheut hätte: Hier ist das Dämmerland durchquert, hier weicht der Nebel, hier verläßt Le Chevalier Mal Fet den verzauberten Wald. Das wollte er sagen, aber er schweigt.

Er lauscht dem Rauschen des leeren Hauses und trinkt seinen Wein.

»Leer«, sagt er. Er hält das Glas vor sich und dreht es am Stiel herum. »Mein Glas wurde vollgeschenkt und ist nun leer. Ich vermehre keinen Wein, ich teile ihn.

Teilen im Sinn von Verringern«, sagt er, während Wessel aufsteht und im leeren Haus verschwindet. »Ein umgekehrter Messias.« Er schaut hinaus und lauscht in die Nacht. In dem vom Fenster eingerahmten Dunkel flackern die Fragmente des Traums, den er schon seit einigen Monaten träumt. Er liegt unter einem klaren schwarzen Himmel, in einer warmen Nacht, auf einer endlosen Sandfläche, über ihm ein großer Mond. Er steht auf und blickt sich um. In der Ferne ist eine Oase, ein runder Teich, über den sich drei Palmen beugen. Er geht dorthin, langsam, argwöhnisch, aber als er näher kommt und die Bäume und der Teich nicht verschwinden, rennt er, bis er ins laue Wasser fällt. Er trinkt, als hätte er seit Tagen nicht getrunken. Süßwasser strömt in ihn. Süßwasser strudelt wie ein Fluß durch seinen Körper. Wasser, süß wie Soße. Er läßt sich fallen. In seinen Ohren saust es, sein Körper erschlafft. Er bleibt so lange unter Wasser, daß er sich kurz fragt, wie es kommt, daß er nicht ertrinkt. Dann richtet er sich auf und schüttelt den Kopf. Er blickt sich um. Der Sand ist im Mondlicht eine bronzene Palette, gebrochen von schwarzen und dunkelblauen Windkräuselungen, in der Ferne Dünen, rot wie schwerer Wein.

Für einen Moment tritt er aus sich heraus und sieht sich, wie er da steht: ein Junge mit nassen Haaren, bis zur Taille in einem runden Teich, schwarze Tümpel als Augen in einem hungrigen Gesicht. Er sinkt zurück und läßt sich auf dem Rücken treiben. Der Mond lugt durch die Wedel der Palmen, neben dem Mond verläuft die neblige Spur der Milchstraße. Milch aus Heras Brüsten. Er ist ohne Gewicht, ohne Wünsche.

»Haben wir diesen Sancerre schon probiert?«

Er beugt sich über die Lehne seines Sessels und blickt sich um. Zwischen den Bleiglastüren, die das monderhellte Vorder- und Hinterzimmer trennen, steht ein blauer Schatten. Ein Gedankenfetzen steigt ihm in den Kopf.

»Wir haben nur einen Kühler.«

Wessel kommt näher und hebt den Arm. Er trägt eine schwarze Blumenvase, aus der der Hals einer Flasche ragt.

»Ich schlage vor«, sagt er, während er die Flasche entkorkt, »wir stellen jetzt mal einen sorgfältigen Vergleich an. Als erstes dieser Sancerre.«

Mendel hebt die Hand und läßt sich den Wein reichen. Er inspiziert das Etikett sehr genau, er betrachtet die Flasche, ihre wehrlose, zarte Linie. Dann setzt er die Flasche an den Mund. Das kühle Glas berührt seine Lippen, der Duft eines Kirschgartens steigt ihm in die Nase. (Vor langer Zeit, als seine Mutter zu ihm ins Krankenhaus kam. Sie füllte das Zimmer mit einem herben Parfüm, einem Duft, der klirrte wie Eiswürfel in hohen Gläsern. Als er sie ansah, bewegte sich ihr Mund. Er hörte sie nicht. Er wollte ihr antworten, doch eine Blase stieg in seine Kehle, eine Blase, wie man sie aus Spucke macht, nur zäher und träger. »Bw-ech …«, hatte er gesagt. Später war sie noch einmal gekommen, und er hatte sie nicht erkannt. Er hatte Angst vor ihr: ein verzerrtes Gesicht, Augen in ungleicher Höhe, eine schiefe Nase, ein absurdes rotes Geschlängel, wo ihr Mund hätte sein sollen. Erst als sie sich über ihn beugte und er den Duft ihres Körpers roch, wußte er, wer sie war.)

»Mein Gott«, sagt Wessel. »Das ist ein Grand cru. Du setzt einen Grand cru an den Mund!«

Er läßt die Flasche sinken und starrt zum dunklen Bahndamm. Dann steht er auf, schwindlig vom langen Sitzen. Er winkt Wessel und geht aus dem Zimmer.

Im gelben Schein der Glühlampe ähnelt das Zimmer seines Großvaters noch mehr einem Sarg als sonst. Die Holzwände, der Holzfußboden und die Holzdecke, alles strahlt und glüht im sanften Lampenlicht. Er steht in der Mitte des kleinen Raums und sieht sich um. Er riecht Zigarren.

Das Kämmerchen hat keine Fenster, es hängt mitten im Haus, zwischen der Decke des Wohnzimmers und der Stelle, an der die Treppe eine Biegung macht. Es ist ein Schwalbennest aus Brettern. Drei Wände sind mit sorgfältig geordneten Bücherschränken zugestellt. Der Diwan, auf dem sein Großvater immer las, steht an der vierten Wand. An seinem Kopfende lehnt ein wackliger kleiner Tisch, der mit erbsgrünen Mappen und Papierblättern bedeckt ist.

»Das Allerheiligste?« sagt Wessel.

»Der Ort des Wortes«, sagt er, »die Arche mit den Gesetzestafeln. Ich bin hier noch nie allein gewesen.«

»Die ganze Zeit?«

»Seit meine Großeltern tot sind, seit meine Mutter weg ist.«

»Warum nicht?«

»Das war das Zimmer meines Großvaters.«

»Und warum jetzt?«

Warum jetzt. Er weiß es nicht. Hier steht er, Weinflasche am Hals gepackt, der Körper warm, bedeckt mit einem feuchten Film von der Hitze, vom Treppensteigen, vor Erwartung. Was tut er hier? Seit er allein ist, ein Jahr, anderthalb Jahre mittlerweile, streift er abends durch leere Zimmer, alle Zimmer, außer diesem.

Er geht zu den Bücherwänden und liest Titel. Vom kleinen Tisch neben dem Diwan nimmt er eine Mappe. Er lehnt sich gegen den Tisch und schlägt die Mappe auf, die er in der Hand hält. Das oberste Blatt des von der Mappe zusammengehaltenen Papierstapels ist eine in der Schrift seines Großvaters hingeschluderte Inhaltsangabe.

1. *Liste Kommandantur: Personen jüdischer Abstammung,*
2. *Diverse Verbote und Gesetze betr. Juden,*

3. *Über die Aufnahme von D.P.s (materielle Unterstützung ausschließlich für »Niederländer«!),*
4. *Generalstaaten, Warnung: Achtung vor Juden und Landstreichern.*

Darunter: *Reichsarchiv, Gemeindearchiv/Plakate, Menco.*

Nachdem sein Großvater den Friseurladen verkauft hatte, widmete er sich ganz seiner privaten Erforschung der jüdischen Geschichte der Stadt. Bis er krank wurde, ging er täglich mit seinen Mappen ins Archiv.

Er blättert um. Die Gesetze gegen die Ansiedlung von mehr als drei jüdischen Familien sind kopiert, die Verordnung, die es Juden verbietet, Land zu besitzen und bestimmte Berufe auszuüben, sowie die Bestimmung, daß der Friedhof außerhalb der Stadtgrenzen liegen muß. *Magnus (1722) wollen eine Haus kaufen*, liest er, und: *Ostern schlagen Juden*. Die Schriftzüge sind zittrig, die Sätze prall vor Ohnmacht. Die unsichere Schrift, die zähflüssigen Notizen, es sind die Anzeichen eines langsamen Wegegleitens. *Lena Schuhe*. Es ist, als habe sein Großvater bei seinem Streifzug in die Geschichte seiner Stadt einen Punkt erreicht, an dem er nicht mehr imstande war, seine Gedanken in grammatikalisch korrekte Sätze zu fassen.

Sogar jetzt, mehr als zwei Jahre nachdem das alles passiert ist, läßt sich schwer ausmachen, wie und in welchem Moment die Versteinerung seines Großvaters eintrat. Seine Großmutter hatte ihn morgens, als sie ins Geschäft ging, am Fenster ihres gemeinsamen Schlafzimmers stehen sehen, und da winkte er. Das war um sieben. Ruth brachte ihm kurz darauf das Frühstück ins Schlafzimmer, und obwohl er noch immer am Fenster stand, blickte er sich um, als sich die Tür öffnete, und lachte ihr zu. Er sah gesünder und glücklicher aus als im ganzen vergangenen Jahr, sagte sie später. Das war um halb acht. Erst als Mendel das Zimmer betrat, eine Viertelstunde danach, stellte sich heraus, daß das Frühstück nicht angerührt war und daß er sich nicht mehr bewegte.

Er stand am Fenster, noch immer, und reagierte nicht auf das Öffnen der Tür. Mendel dachte, er habe einen seiner Anfälle von Melancholie. Er stellte sich neben ihn und starrte aus dem Fenster, nach unten, auf die Straße, wo Männer auf schwarzen Fahrrädern durch den leichten Regen zur Arbeit fuhren, Ledertaschen an die Stange geschnallt, hier und da einer mit einer umgedrehten Pfeife im Mund. Sie standen nebeneinander und schauten auf das nichtssagende Draußen, ein paar Minuten lang, drei, vier, höchstens fünf, als sein Großvater mit schwerer Zunge und leicht gedrehtem Kopf ein Wort sagte. Er sagte: »Thach.«

Zuerst verstand er nicht, was er meinte, dann wurde ihm bewußt, daß sein Großvater seinen vor mehreren Minuten ausgesprochenen Gruß erwiderte.

»Wonach schaust du?« fragte er.

Es blieb still. Sie starrten wieder hinaus, während Mendel aus den Augenwinkeln zusah, wie sich der

Kopf seines Großvaters langsam, äußerst langsam in Richtung Tür drehte. Viele, viele Minuten später drehte er den Kopf zurück, und noch später gab er eine Antwort auf die Frage. Seine Stimme war die Stimme eines Mannes, dessen Zunge in Kieselsteinen vergraben liegt. Er klang erstaunt, auch ein klein wenig verzweifelt, als bewundere er seine plötzliche Trägheit und entschuldige sie zur gleichen Zeit.

»Hes rechet«, sagte er.

Er schlägt die Mappe zu und legt sie hin. Er nimmt die Mappe darunter und findet Zeitungsausschnitte (*Pogrom in Polen: 42 Tote. Neun russische Ärzte verhaftet*), einen radförmigen Radiergummi, zwei glattgestrichene Zellophanstücke, die nach sauren Drops riechen, und lose Blätter, die immer unleserlicher mit ein und demselben Wort vollgekritzelt sind, von unten nach oben, auf beiden Seiten, Zeile um Zeile, als sei es eine Schreibübung, als habe sein Großvater versucht, seine alte fließende Schrift wiederzuerlangen. Es ist ein zittrig hingekritzeltes Wort. Es sieht aus wie von niemandem geschrieben. *Maschiach* steht auf dem Papier.

»Nicht?«

Er blickt auf. Wessel hält eine tropfende Flasche hoch. Er nimmt sie und schließt die Augen. Den Kopf in den Nacken gelegt, trinkt er. Sein Adamsapfel tanzt im Rhythmus des Weines. *Maschiach. Lena Schuhe. Magnus wollen eine Haus kaufen.* Ein Schluck pro Wort, Wein für Sprache. Wenn ich genug trinke, denkt er, heute abend, morgen abend, dieses Jahr, wenn ich genug trinke, löse ich die Wörter vom Papier. Verflüssigen werden sie sich, und sie werden davonfließen, über den Fußboden, über die Holztreppe mit den drei Stufen, nach unten, aus dem Haus. Auf der Straße füllen sich die Rinnsteine, durch würgende Gullys werden sie fließen, durch die Kloaken, durch … Ich werde, denkt er, während er spürt, wie der Wein ihn durchströmt, ich werde trinken, bis ich ein Mensch bin. *A mensch*. Ich werde mein Leben waschen in Wein, ein Trankopfer werde ich darbringen, in mir selbst, bis ich gereinigt und wiedergeboren bin. *Maschiach*. Encephalitis lethargica. Die Lichtfünkchen auf Vanderberghs Stethoskop, der die Schläuche um die blinkenden Bügel wand und das Instrument in seinen Koffer legte. Das weiche Klikken lange benutzter Schnallen. »Schlafkrankheit. Zumindest sieht es danach aus, und wenn wir berücksichtigen, daß er im vergangenen Jahr Symptome einer atypischen Demenz aufwies, ist das gar keine so abwegige Diagnose.«

Ein selbstgefälliges Orakel medizinischer Erkenntnis vor einem verständnislosen Trio betroffener Familienangehöriger.

»Lena«, hatte er gesagt, der alte Hausfreund, der Vorstandsvorsitzende der jüdischen Gemeinde, der Arzt, »er befindet sich in einem Zustand tiefer … tiefer … Trance, könnte man sagen. Er hört uns, er sieht uns, aber er kann seine Erstarrung nicht durchbrechen. Er ist geistig völlig gesund, aber er ist eingeschlossen in einem versteinerten Körper. Die Welt um ihn dreht sich, aber er steht still. Sozusagen eine lebende Statue.«

Abends, nach Vanderberghs Besuch, als der alte Mann (er war auf einen Schlag zu einem alten Mann geworden, eingefrorene Falten, Haar wie bereifte Zweige) oben im Bett war, hatten sie im lampenerhellten Zimmer Familienrat gehalten.

»Wie heißt es?« fragte seine Großmutter abwesend.

»Encephalitis lethargica«, sagte er, »Schlafkrankheit.«

»Schlafkrankheit.« Ihre Stirn kräuselte sich, als müsse sie plötzlich an etwas Bekanntes denken. »Schlafkrankheit.« Sie zuckte mit den Achseln und schüttelte den Kopf. Sie sah ihn an: »Ich glaube nicht, daß es schlimmer ist als das, was wir dachten.«

Aus den Augenwinkeln heraus sah er den verzweifelten Ausdruck seiner Mutter. »Er ist nicht dement«, sagte er zu ihr. »Er ist geistig völlig in Ordnung. Er kann nur nicht mehr wach werden, er ist erstarrt.«

»Es ist besser als Demenz«, sagte seine Großmutter. Sie richtete ihren Blick auf den Stuhl, auf dem ihr Mann immer las, inmitten einer Hügellandschaft aus Zeitungen und Zeitschriften. »Ich darf nicht daran denken, daß er im Laufe der Jahre womöglich glaubt, ich sei seine Mutter.«

Er blickte auf das flackernde Licht unter der verchromten Teekanne und fragte sich, wie es wohl sein mochte, zu leben und sich nicht zu bewegen.

»Da muß jetzt wohl einiges geregelt werden«, sagte seine Großmutter. Sie beugte sich vor und schenkte Tee ein. Er nahm die Schale mit den Keksen und ging damit herum. Seine Großmutter nahm einen, ein wenig achtlos, seine Mutter schüttelte bestürzt den Kopf.

»Erstens muß immer jemand im Haus sein, um ihn zu versorgen.«

Er sah, wie seine Mutter gequält schluckte.

»Ich bin gern bereit, zu Hause zu bleiben«, sagte er.

Seine Großmutter schüttelte den Kopf.

»Du mußt bald studieren, du mußt erst anfangen zu leben. Du kannst dich nicht vergraben, um deinen kranken Großvater zu versorgen.«

»Ich seh das nicht als Vergraben«, sagte er. »Ich bin gern zu Hause.«

Ruth griff zu ihrer Teetasse und nippte bedächtig. Sie stellte die Tasse auf den Tisch und sagte, für ihre Verhältnisse ziemlich entschieden: »Ich bleibe hier. Ich bin immer hiergewesen.«

»Und dann müssen wir auch finanziell etwas regeln«, sagte seine Großmutter. »Ich habe gern etwas Sicherheit.«

Er nahm seinen Tee und lehnte sich auf dem Stuhl zurück. Es hatte einen Moment gegeben an diesem Tag, an dem er sich fragte, ob er der Mann im Hause werden würde, er war achtzehn und ganz gut in der Lage, das eine oder andere zu regeln, aber es war klar, daß seine Großmutter den Platz ihres versteinerten Mannes übernehmen würde, sofern sie das nicht schon getan hatte, als er noch gesund war.

»Ich führe die Großhandlung weiter«, sagte seine Großmutter.

Er stellte seinen Tee auf den Tisch und hob die Hand.

»Ich würde gern die Küche übernehmen«, sagte er.

Seine Großmutter sah ihn stirnrunzelnd an.

»Und die Wäsche«, sagte er.

»Du mußt in die Gesellschaft«, sagte seine Großmutter.

»Ich *gehe* in die Gesellschaft«, sagte er.

Sie hatte ihn angesehen, als warte sie auf einen Beweis.

»He. He!«

Er hört auf zu trinken und sieht Wessel an.

»Es ist genug da, wir haben einen ganzen Keller voll.«

Er läßt die Flasche sinken.

»Was ist los?«

Er senkt den Kopf.

Wessel fährt sich mit der Hand durchs Haar und sieht ihn lange an. Dann beginnen seine Augen umherzuschweifen. Er schaut zur Seite, zu dem kleinen Tisch. Er nimmt die Mappe und beginnt zu blättern.

Später an diesem Abend steht er auf dem kühlen Marmor in der Diele, an die Haustür gelehnt. Wessel sitzt auf halber Höhe der Treppe, eine Silhouette.

Unten ist es stockdunkel. Von Zeit zu Zeit sieht Mendel seine eigenen Hände im Schein seiner Zigarette aufglühen.

»Was ist das, *Maschiach*?«

»Messias.«

Das Wort hallt leise nach.

»Messias«, flüstert Wessel. Es klingt, als wäre ein Gewicht an seine Zunge gebunden. »Wo führt dieses Leben bloß hin?«

»Zum Ende.«

Wessel ist ein schwarzer Fleck mit schräggelegtem Kopf, nicht fragend, sondern betrunken. »Gott«, sagt er, die Stimme rauh vom Alkohol, »Mendel, Gott, was ist mit dir passiert, daß du solche Antworten gibst, jedesmal, jedesmal, wenn ich eine ganz normale, sinnlose Bemerkung mache.«

Was ist passiert, daß sein und mein Leben in verschiedene Richtungen gehen? denkt Mendel. Warum sagt sein Kummer mir nichts?

Aus dem Dunkel der Treppe kommen Schnieflaute.

»Nicht so schlimm«, sagt er, »es gibt Schlimmeres.«

»Das ist es nicht.« Wessels Stimme klingt weit weg. Er atmet stockend. »Das ist es nicht. Was ich damit sagen will, es ist so abstrakt. Ich habe immer alles als geschichtliche Tatsache akzeptiert. Und jetzt schaue ich in *eine* alberne Mappe ... Warum schreibt ein Sechzigjähriger, wie alt war er, die ganze Geschichte auf und schließt mit diesem einen Wort? Neunzehnhundertachtzig. Ein Mann ruft den Messias.«

»Wessel.«

»Du verstehst es nicht. Ich gehe durchs Leben. Ich nehme die Dinge, die sich ergeben. Die in den Büchern stehen. Aber es sind Begriffe. Nicht nur dieser Krieg. Alles. Ist nicht richtig. Man muß fühlen.«

Mendel geht ein paar Schritte, Richtung Wohnzimmertür.

»Kannst du dich an dieses Gespräch erinnern?« sagt Wessel. »Das wir bei Anna van Twickel hatten? Du sagtest, die Welt sei nicht gerecht, genausowenig wie ein Baum oder ein Haus gerecht ist.«

»Hab ich das gesagt?«

»Du hast recht. Soweit muß ich dir wohl zustimmen. Aber die Vorstellung, daß man wie irgendein Insekt … über einen Klumpen Schlamm kriecht. Ich bin katholisch. Gehe nicht in die Kirche. Ich glaube nicht an die Heiligen. Und die Prädestination. Und dieses ganze Zeug. Aber die Vorstellung, man ist für nichts und wieder nichts auf der Welt. Es ist …«

»Du mußt mich nicht ernst nehmen«, sagt Mendel. »Meine Vorstellung von der Welt verändert sich täglich.«

»Wenn du das so relativierst … hast du recht.«

Wessel steht auf. Der Schatten oben an der Treppe wächst. Mendel öffnet den Mund, aber bevor er etwas sagen kann, neigt sich der Junge in der Ferne, hoch über ihm, vor und kippt steif ins Nichts. Er springt los. Als er am Fuße der Treppe steht, kommt Wessel fallend-rennend auf ihn zu.

Nach dem Aufprall ist es eine ganze Weile still.

Mendel spürt das tote Gewicht seines Freundes auf seinem Bauch. »Ich versteh dich nicht«, sagt Wessel. »Und deine Familie auch nicht. Und den Krieg nicht. Und die Schwerkraft nicht. Ich versteh gar nichts.«

In der letzten Septemberwoche trägt er den Inhalt von seines Großvaters Archiv in den Garten, wo er einen tafelförmigen Sandhaufen aufgeworfen hat. Er schichtet die Mappen, die losen Blätter und die leeren Zigarrendosen zu einem bunt zusammengewürfelten Ring. Dann gießt er eine Flasche Spiritus über das Papier und steckt es an.

Das Feuer kriecht über den Papierring, erst blau, später orange, gelb und rot. Rauch quillt empor, Blätter kräuseln sich, glänzend wie Glimmer.

»Siehe«, sagt er, auf dem Boden vor dem selbstgebauten Altar sitzend, »dies sind die Opfer, die ich darbringen werde: ein Trankopfer, ein Brandopfer und ein Schlachtopfer.«

II

Der Herzschlag des Lebens verlangsamte sich. Mittags erfüllte er seine selbstauferlegten häuslichen Pflichten. Er fegte die leeren Holzfußböden, wusch seine Sachen aus, putzte Fenster und bügelte seine Hemden. Manchmal ging er suchend durch das leere Haus, als sei ihm etwas abhanden gekommen, ohne daß er wußte, was, und fand sich vor einem weißen Fleck an der Tapete wieder oder in einem leeren Zimmer. Doch wenn er unten saß, in einem der beiden Sessel, die er nicht verkauft hatte, war alles noch exakt so wie vor eineinhalb Jahren, als seine Großeltern noch lebten und seine Mutter noch nicht weg war. Leer war das Haus, wenn er eine Tür öffnete.

Abends aß er seine getoasteten Brote, ein Spiegelei mit Käse oder eine Schüssel Salat und etwas Knäckebrot und trank eine Flasche Wein aus dem Vorrat, den er mit Wessel angelegt hatte. Gegen Mitternacht zog er seinen Mantel an und ging durch das Zentrum, aus der Stadt hinaus, auf die Felder.

Nacht für Nacht streifte er über leere Kartoffeläcker, lag in einem ausgetrockneten Wassergraben neben der vierspurigen Straße, die rund um die Stadt lief, und schaute zu, wie die einsamen Autos vorbeisausten. Sie glichen Ruderbooten, die Räder unsichtbar, der Wagen selbst durch die Dunkelheit abgerundet zu einem Schiffchen, Ruderboote, die wie Düsenjäger über einen schwarzen Fluß aus Asphalt schossen. Es erinnerte ihn an das Märchen von dem Fährmann an der Küste, der nachts die Seelen der verstorbenen Holländer nach England übersetzt, dem Land der Toten. Wenn eines Nachts ein solches Überschallruderboot seine Geschwindigkeit drosseln würde und an der Böschung anlegte und ein Fährmann in schwarzem Umhang, den Kopf in eine Kapuze gehüllt, ihn riefe, würde er auf der Stelle einsteigen.

Wenn er den Autos zugeschaut hatte, immer wieder überlegend, ob er eines anhalten solle, um mitzufahren, um einfach zu verschwinden, überquerte er die Straße und durchstreifte die Felder von Dinkeloo. Er spazierte durch das stille Dorf, das aus einer Straße, zwanzig Bauernhöfen und einem Wirtshaus bestand, und schaute zu den Lichtern, die die Höfe beschienen. Die Hunde bellten schon nicht mehr, wenn er vorbeikam.

Meist ging er danach in die Wälder. Er marschierte die breite Brandschneise entlang, lauschte den Schreien eines Kaninchens, das von einem Wiesel getötet wurde, dem Knarren der Bäume und, manchmal, dem Getrappel von aufgeschrecktem Rotwild. Einmal hatte er gegen fünf Uhr morgens, teils von Nebelschwaden verdeckt, zwei kämpfende Böcke gesehen. Sie standen im hohen gelben Gras an einem Moortümpel, die Köpfe erhoben, nicht stolz, sondern ungerührt. Der Bock mit dem größeren Geweih hielt den Kopf leicht schräg, als fragte er seinen jüngeren Gegner, ob es denn nötig sei, ihre Meinungsverschiedenheit auf eine so unangenehme Art und Weise beizulegen. Dann senkte der Jüngere das Gehörn, und die Tiere gingen aufeinander los. Ein trokkenes Klacken war zu hören. Der junge Bock gab sich rasch geschlagen. Er senkte das Geweih noch einmal, als erwägte er, doch noch weiterzukämpfen, und drehte sich dann um.

Ein paarmal landete er nachts versehentlich, aber wer weiß schon, was ein Versehen ist, vor Annas Haus. Beim letzten Mal, als das geschah, war es bereits Morgen. In der Küche, im rechten Flügel, brannte Licht. Er stand am Waldrand neben der Auffahrt und empfand eine Sehnsucht, die noch nie so stark gewesen war. Er hatte sie seit dem Examen, seit dem Fest in diesem Haus, nicht mehr gesehen. Er traute sich nicht, sie zu besuchen, hatte Angst, daß sie seine Aufmerksamkeit störend fand, hatte Angst, daß sie mittlerweile verheiratet war, einen Mann hatte. Denn so ging das, dachte er: Frauen wie sie heiraten schnell, um den Besitz zu sichern, den Titel, das Geld, weiß der Himmel was. Er wußte, der Gedanke, sie würde tatsächlich aus einer Art Noblesse oblige heraus heiraten, war lächerlich, die Idee, sie würde einen Besuch von ihm aufdringlich finden, kaum vorstellbar. *Ein* Besuch in eineinhalb Jahren macht einen noch nicht zu einem unter die Röcke greifenden Don Juan. Er wußte das alles, aber irgendwie konnte er seine voreingenommenen Überlegungen nicht durch nüchterne Argumente ersetzen.

Nehmen wir mal an, dachte er, ich würde sie besuchen, würde ich ihr dann sagen, daß ich sie liebe? Jetzt, da er hier stand, unter Kiefern, von denen der Tau tropfte und die intensiv nach nassem Holz dufteten, und auf das Licht in der Küche schaute, versuchte er zum erstenmal, eine Antwort auf diese Frage zu geben.

Er dachte an Corine, ein Mädchen aus der Schule, bei dem er mal gewesen war, weil sie gemeinsam ein Referat über Dylan Thomas schrieben. Als sie sich zum zweitenmal verabreden mußten, hatte sie gesagt, sie arbeite lieber in der Schule. »Wir können auch bei mir zu Hause«, sagte er. Nein, nein, lieber in der Schule. »Aber warum? In der Schule können wir nur eine Stunde arbeiten.« Sie blieb eisern. Von Wessel, der ein paar Monate danach mit Corines Freundin anbandelte, hörte er, daß ihre Eltern keinen Juden bei sich zu Hause wollten und es ihrer Tochter verboten hatten, »zu diesem Juden nach Hause zu gehen«. Wessel war wütend gewesen, er aber hatte nur mit den Achseln gezuckt. Das war seine übliche Reaktion. Sein Großvater hatte ihn in der Überzeugung erzogen, zwischen der geistigen Welt der Juden und jener der Christen liege Brachland, ein großes, offenes, verwildertes Gelände. Bei klarem Wetter konnte man einander sehen, manchmal gingen auch Rufe hin und her, doch wem käme es nach allem, was passiert war, nach all dem verletzten Vertrauen in den Sinn, auf diesem Brachland wohnen zu wollen? Dürrer Boden war es, blutgetränkte Erde, wie im Elsaß, wo so viel deutsches und französisches Blut geflossen war, wo so viele Leichen von der Erde aufgenommen worden waren, daß sechzig, siebzig Jahre später noch Milzbrand unter den Schafen ausbrach. Dieses Land müßte er betreten, um Anna zu sehen, um ihr näher zu kommen.

Die Vorstellung, er müßte sich um der Liebe willen in ein Milieu hineinkämpfen, das er betrachtete wie ein Biologe seine Ameisenkultur, ein wimmelndes, wuselndes Kuriosum, eine künstliche Gemeinschaft, einen zwischen zwei Glasscheiben zusammengehaltenen Pseudokosmos, nett als Forschungsobjekt, sonst aber unnütz, fehl am Platz, abhängig vom guten Willen der Laboranten ... Annas Vater, der ihn bei der Examensfete nicht sah, durch ihn hindurchgeschaut hatte und auf diese lächerliche Art wie im neunzehnten Jahrhundert bei seiner Köchin Kaffee bestellt hatte. Die erschlaffende Hand beim Hören seines eindeutig nicht rassereinen Nachnamens. Es hatte ihn nicht einmal böse gemacht. Es wunderte ihn. Es erregte sein Mitleid.

Sein Großvater hatte ihm erzählt, daß gerade in dieser Gegend, einer ländlichen Gesellschaft, die Verbundenheit mit dem Adel stark war. »Aber das war in der Zeit, als sie sich nichts auf ihre ›Reinheit‹ einbildeten. Das war, als sie noch einfach aufs Feld gingen, um das Heu rechtzeitig einzufahren. Jetzt sind sie fett geworden, genau wie die Textilbarone, sie haben den

Geldsack ihrer Eltern leergefressen, zeigen kein Bestreben mehr.« Sein Großvater war ein Anhänger des Gedankens gewesen, der Mensch müsse nach etwas streben. Er hatte den Weg vom religiösen Juden zum aufgeklärten Humanisten, und im Krieg umgekehrt, zurückgelegt. Streben war in seiner Weltsicht eine Voraussetzung für Wachstum, für persönliches, kulturelles und schließlich gesellschaftliches Wachstum. Und letztendlich war er ein Produkt des Wachstums seines Großvaters. Er sah sich als dessen Fortsetzung, als Konsequenz von dessen Streben nach Erkenntnis. Aber, und darin hätte sein Großvater ihm beigepflichtet, wo der Mensch zur Erkenntnis gelangt, nimmt die Unwissenheit zu. So konnte er sich letzten Endes vor allem als eines fühlen: als seines Großvaters Unwissenheit.

Vanderbergh hatte ihm gesagt, ein religiöser Jude könne kein Darwinist sein. Er hatte geantwortet, er halte es für möglich, die Schöpfungsgeschichte und gleichzeitig auch die Evolutionslehre zu akzeptieren. »Aber wie?« sagte Vanderbergh. »Wie kombinierst du die These, daß die Schöpfung ein paar tausend Jahre alt ist, daß der Mensch von Gott erschaffen ist, wie kombinierst du das mit der Abstammung von den Affen, und das über Tausende, Zehntausende, Millionen von Jahren?« Er hatte mit den Achseln gezuckt. Er sagte: »Die Geschichte ist die Tat.« Es hatte Vanderbergh nicht überzeugt. Es hatte nicht einmal ihn selbst überzeugt. Sein Großvater hätte den Kopf geschüttelt, wenn er ihn hätte hören können. »Du bist und bleibst ein Träumer«, hätte er gesagt, denn wo es Ansichten und keine Erklärungen gab, da konnte sein Großvater nur eine Schlußfolgerung ziehen: Wirrköpfigkeit. Dabei gab es eine Erklärung, eine lyrische, doch er zweifelte daran, daß Vanderbergh das für eine besonders brillante Theorie halten würde. »Goi-Theologie«, würde er sagen.

Die Erklärung lautete, daß die Welt nicht Gottes Erfindung war, sondern sein Denken, daß es Gott selbst nur geben konnte, wenn es die Welt gab, daß das Schlechte und das Gute in gleicher Weise Teil von Gottes Denken waren. Das war bestenfalls eine Privatmeinung. Gott nicht als Schöpfer mit einem Willen, sondern als Schöpfer, weil er denkt. Die Schöpfung nicht als Plan, sondern als etwas, das existiert, weil Gott versehentlich gedacht hat (aber wer weiß schon, was ein Versehen ist). Es war eine Ansicht, die ihm paßte wie ein Handschuh, die er aber kaum laut zu verkünden wagte.

Er stand da, an jenem frühen Morgen, am Waldrand. Er rauchte seine Zigarette, folgte dem Mäandern seines Geistes und dachte: Sinnlos, sinnlos.

III

Die Post bringt Nachricht von seiner Mutter: eine Ansichtskarte mit der Luftaufnahme von einem Tafelberg mit bröckliger Ruine. Auf der Rückseite ihre wirre Schrift: *Hohe See. Brennende Sonne. Braun wie eine Walnuß. Auf dem Weg nach Jeruschalajim. Alles Liebe, Ruth.*

»Ruth«, schreibt er an diesem Abend, die Karte an der Wand hinter seinem Arbeitstisch. »Gestern saß ich im Zimmer und dachte: Die Welt ist eine Geschichte, ausgedacht von einem alten Mann im Himmel, der auf einem umgedrehten Zinkeimer sitzt und sich mit seinem Geist unterhält, der auf der Spüle sitzt. Und der Geist sagt: ›Das stimmt hinten und vorn nicht.‹ Und der alte Mann schüttelt den Kopf und steht auf, geht zu dem runden Tisch, der in der Mitte der Küche steht, schiebt sich den rechten Zeigefinger tief in den Mund und zeichnet mit Spucke eine Erdkugel auf das schwarzlackierte Holz. ›Angenommen‹, sagt er, ›dies ist ein Klumpen Schlamm und hier und hier und noch einer ... hier mache ich Wasser, und wo kein Wasser ist, mache ich Pflanzen, Bäume, ein paar Tiere.‹ Und der heilige Geist springt von der Spüle (es ist eine rotgestrichene Küche, überall der leuchtende Schimmer von gestrichenem Holz) und geht durch das flackernde Licht einer qualmenden Kerze und sagt: ›Und hier machst du ein Tier, das den Laden schmeißt.‹ ›Was für ein Tier?‹ sagt Gott leicht gereizt. Der Geist denkt. ›So eins‹, sagt er dann, und auf dem Tisch, auf dem Spuckekreis mit den hingeschluderten Ozeanen und den kleinen Punkten, wo Bäume sind und Pflanzen, zeichnet er etwas, das ganz entfernt an Gott erinnert. ›Wenn dein Vorstellungsvermögen genauso stark ist wie dein Zeichentalent‹, sagt Gott, ›dann können wir froh sein, daß von uns beiden ich der Schöpfer bin.‹

So ungefähr sitzen die beiden da und reden, und während sie reden, vollzieht sich die Schöpfung, denn das Wort ist der Anfang.

Später, viel später (sie trinken Kaffee aus verbeulten Emailbechern, Gott kratzt sich am Bart, der Heilige Geist nervt wegen einer bestimmten Pflanze, die er in die Schöpfung aufgenommen sehen will), später sagt der Geist: ›Laß uns Hiob machen.‹ Gott schüttelt den Kopf. ›Komm‹, sagt der Geist, ›einfach, um mal zu schauen.‹ (So ging es bekanntlich mit Hiob, eine ganz alltägliche Wette war es zwischen Gott und Satan, soll bloß keiner erzählen, es sei eine tiefreligiöse Geschichte, ein Pamphlet ist es, eine heitere Klage gegen Gottes Langeweile.) Gott seufzt. ›Okay, wir nehmen Adenauer.‹

Kennst Du das Simeonslied? ›Herr, nun laß in Friede, lebenssatt und müde, deinen Diener fahren zu den Himmelsscharen, selig und im stillen, doch nach deinem Willen.‹ Es ist das Lied von einem, der sich durch den Tod erlöst fühlt, nicht erlöst vom Elend, sondern erlöst oder, besser, erleichtert (im Sinne von befreit und gleichzeitig auch erleuchtet) von der Last des Lebens. Ich habe immer gedacht: Wenn du sterben mußt, dann so, vielleicht unzufrieden, vielleicht unerfüllt, wahrscheinlich unvollkommen, aber zustimmend, akzeptierend, versöhnlich. Wenn du sterben mußt, in dem Bewußtsein, daß du ein Netz möglicher Eisenbahnlinien warst und im Augenblick deines Todes nichts weiter bist als ein bizarrer, richtungsloser Weg, wenn du stirbst, dann dankbar für die Erlösung von der Last.

Ich sehe eine Übereinstimmung zwischen Großvaters Krankheit und der Art und Weise, wie ich mich bewege. Er machte alles mit und stockte. Ich stocke und mache alles mit. Er wurde gefangen in einer absoluten Verlangsamung der Bewegung, sein Körper wurde ein Haus, so hart und bewegungslos, und darin wohnte eine Seele, die tobte und wetterte, die wütete wie ein Sturm. Mein Körper *ist* meine Seele. Ich habe keine Außenseite. Ich bin durch und durch Geist, der Fetzen eines Geistes, unvollständig, ohne Substanz, ohne Boden, heimatlos. Manchmal fühle ich mich wie diese Schemen, die man im Film sieht, halb durchsichtig, etwas überbelichtet, man kann seine Hand durchstecken, wenn der Wind zunimmt, verwehen sie.

Wessel ist nach England. Wir haben den ganzen Sommer gefaulenzt. Wir saßen am Fenster und tranken Weißwein aus beschlagenen Kühlern, und ich rauchte nach Gras und trockenem Holz duftende Zigaretten, und die Worte fielen wie Bleigewichte um uns, und nachts schwebten wir durch die leeren Zimmer des Hauses, in leichtfüßiger Trunkenheit, und wir brüllten unsere feierlichen Versprechen heraus, unsere solipsistischen Vorstellungen von der Welt, und manchmal zogen wir auf die Felder hinaus, in langen Mänteln, Weinflaschen in der Tasche, und wir gingen unter einem Mond, der wie ein großes weißes Wagenrad mitrollte, wohin wir auch gehen wollten, und auf den großen, leeren Feldern sahen wir die gekrümmten toten Menschen, die zu Wacholdersträuchern geworden waren, oder wir gingen durch den hohen Mais, der in langen Reihen auf den gewölbten Fluren stand, und wir sprangen von einer Reihe in die andere, rennend, rennend, Flaschen in der Hand, bis wir einander verloren hatten und rufen und suchen mußten, von einer Reihe zur anderen, bis wir einander wiederfanden, für einen Moment so scheu wie junge Mädchen, und einmal trabte in der hohen indigofarbenen Stille der Sommernacht ein Pferd an uns vorbei, es kam aus der Ferne, wir hörten das anschwellende Dröhnen der Hufe auf dem hohlen Moorboden, und dann schoß in einem Wirbel aus Geräuschen und Mondschatten und Bewegung das Pferd an uns vorbei und verschwand in der Nacht.

Ich habe ein Gedicht für Dich geschrieben.

DIE VERGANGENHEIT

Die Vergangenheit war vor allem eine blasse Zeit,
eine lange Reise mit ermatteten Pferden
vor einem mit Decken vollgestopften Schlitten
und, immer um uns, Mondlicht,
zertrümmertes Glas auf unberührtem Schnee,
und inmitten von alldem: wir,
meine in Pelz gekleidete Mutter und das Kind,
das ich noch war, verborgen im Schlitten.

Die Vergangenheit war vor allem eine blasse Zeit,
nicht karg, aber ohne Farbe,
eine ausgedehnte Ebene ohne Bäume,
eine Sonne, die immer brannte,
aber kein Schatten, nicht einmal von uns:
meine Mutter, mit ihrem weißen Sonnenschirm,
und ich, der Junge, der ich war,
der stolz seiner Mutter Hand hielt,
als wäre er ihr Begleiter.«

IV

Er träumt, daß er über ein Feld geht, Wessel schräg hinter sich, genau wie früher. Die Nacht ist so still, daß sie mitten auf dem Feld die Uhr der Grote Kerk hören können. Vielleicht ist es auch eine andere Uhr, von einem Dorf, das er nicht kennt. Drei Schläge jedenfalls, sehr weit entfernt, gedämpft durch Wälder und Felder.

Dann und wann springt er, die Weinflasche in seiner Manteltasche schlägt gegen seinen Oberschenkel, von einer Furche in die andere, wie um zu zeigen, daß er noch immer weiß, wie es war.

Am Ende des Felds, auf dem Wendeacker, wo die Furchen sich krümmen und den Weg zurück suchen, ist der Bewuchs unregelmäßig. Dahinter: in die Höhe schießendes Gestrüpp, ein Erdwall mit krummen Eichen, ein Pfad, der in den Wald führt.

»Ich hatte eine Vorstellung vom idealen Lauf der Dinge«, sagt er. »Ich würde sie aus den Augen verlieren und nach ungefähr zwanzig Jahren wiederfinden, älter, reifer, schöner, mit Krähenfüßen um die Augen. Die Distanz würde es nicht mehr geben, erodiert, abgeschliffen. Ergebenheit, Wehmut, die selbstverständliche Vertrautheit alter Freunde. Abends würden wir beieinander sein, im gelben Kreis einer schiefen Lampe, und wir würden Burgunder trinken und reden. ›Weißt du noch, daß ich allein war und umherirrte, in meinem Kopf, in diesem meinem großen, leeren Kopf‹, würde ich sagen, und sie würde sagen: ›Und dann kamst du zu mir.‹ Und ich würde dann sagen: ›Ich kam immer bei … äh, zu dir.‹ Darüber würden wir lachen.«

Das ist das Elende bei mir, denkt er, ich habe eine Vergangenheit, keine Zukunft, sogar kaum eine Gegenwart. Ich bin kein selbständiger Mensch. Ein Produkt bin ich, die letzte Ausstülpung einer längst abgeschlossenen Geschichte.

Der Weg endet an dem weißen Kieskreis mit der Grasfläche in der Mitte.

»Les Sablonnières«, sagt Wessel.

Mein Gott, denkt er, les Sablonnières.

Er geht die Auffahrt entlang bis zur Schmalseite des Hauses. Sich mit einer Hand an der Wand entlangtastend, Füße, die im Dunkel der Rabatten dahinschlurfen. Der Mond steht jetzt tief. Bläuliches Licht zieht lange, schmale Bahnen in den Zimmern. Durch offene Türen, stets eine Tür in einer Tür in einer Tür, sieht er, daß sogar die Treppe in der Diele erhellt ist.

»Les Sablonnières.«

Das Haus liegt in tiefer Ruhe. Das Haus schläft. Es ist niemand zu sehen.

Er dreht sich um und schwebt wie eine Gestalt aus Rauch über den Kiesweg, über die große, runde Grasfläche. Bei den trockenen Nadeln unter den

Bäumen am Waldrand setzt er sich. Er tastet in den Taschen seines Jacketts, findet den Schlüssel zu seinem Haus und drückt mit ihm den Korken in die Flasche. Er erhebt sie und sieht sich um. Wessel ist weg. Er trinkt und wendet den Kopf zurück, zum Haus. Dann sieht er sich selbst auf der Veranda stehen, eine halbe Gestalt im kalten Mondlicht. Er sieht aus wie ein zehnjähriger Junge, ein kleiner, hungriger zehnjähriger Junge.

V

Aviva Vanderbergh sagt: »Du redest und redest und redest. Was machst du? Warum machst du nichts? Du sonderst dich von der Welt ab. Du bist bequem. Du bist faul.«

»Aviva studiert Geschichte«, sagt ihr Vater, der Arzt.

Ihre Mutter sagt: »Es ist Chanukka. Mendel ist unser Gast.«

»Was schlägst du vor?« sagt er.

»Kämpfen. Aktiv werden. Leben.«

»Aber der Mensch ist schlecht, Aviva.«

»Mach ihn besser.«

»Wie?«

»Indem du die Welt verbesserst.«

»Wie?«

»Wieso, wie? Ich bin doch nicht deine Mutter.«

»Aviva, der Mensch wird nicht besser. Die Welt wird nicht besser. Nichts ändert sich. Alles, was wir versucht haben, hat nur noch mehr Durcheinander bewirkt. Wir ersticken in unserer eigenen Entropie.«

»Wie schaffst du's morgens aus dem Bett, wenn du so denkst?«

»Du denkst, daß der Mensch besser ist als andere Tiere. Du denkst, daß wir uns entwickelt haben ...«

»Sieh dich doch um.«

»Ich dachte, du studierst Geschichte.«

»Geschichte«, sagt Vanderbergh später, in der Küche, wo sie gemeinsam eine Flasche Wein zu öffnen versuchen. »Sie studiert Geschichte.«

»Wer nicht?«

»Wer nicht, ja. Aber sie hat nicht ganz unrecht, Mendel. Du bist dabei, zu versinken. Wenn ich das mit beruflichen Augen betrachte, würde ich sagen, du weist autistische Züge auf.«

»Wenn Autismus eine Ideologie wäre, wäre das das einzige, wofür ich kämpfen wollte.«

»Das glaub ich dir aufs Wort.«

»Die Sache ist die«, sagt er, »diese ganze Besorgnis, dieses ganze Gerufe: Mendel muß mitmachen. Wo kommt das her?«

»Wieso?«

»Warum sagen Menschen so was? Zur Zeit werde ich überall eingeladen. An Sukkoth war ich bei Menco. Da hockte ich in dieser Laubhütte wie ein Kind mit zwei Köpfen. Lauter wildfremde Leute kamen vorbei, als ob Menco sie eigens wegen mir eingeladen hätte. ›Mendel Adenauer! Ich habe deinen Großvater gekannt. Ein ganz besonderer Mensch. Mögest du ihm ähnlich werden.‹ Wie viele von diesen Leuten haben vor zwanzig Jahren gesagt, meine Mutter sei eine Hure?«

»Keiner hat je so etwas gesagt.«

Der Arzt dekantiert den Wein in eine Kristallkaraffe. Auf seinen zitternden Händen schimmern Leberflecken, unter der müden Haut liegen bläuliche Adern.

»Keiner hat so etwas gesagt? In den fünfziger Jahren, eine junge Frau, nie mit einem Mann gesehen, bekommt plötzlich, einfach so, ein Kind? Habt ihr an die unbefleckte Empfängnis geglaubt?«

Vanderbergh richtet sich auf.

Er blickt hoch, zum Arzt. Plötzlich sieht er hinter der müden Haut das Gesicht eines Toten. Die Augen sinken ein, die Wangen werden hohl, der Mund spannt sich um das Gebiß.

»Mendel?«

»Tut mir leid.« Er blinzelt.

»Ich habe dich geholt. Ich wußte nicht, wer dein Vater war, und das weiß ich noch immer nicht, aber es war mir egal. Deine Familie ist mir immer sehr am Herzen gelegen, und nicht nur, weil ich mit deinem Großvater befreundet war. Für mich waren deine Großmutter, deine Mutter und dein Großvater, einer wie der andere, Menschen, die ich heute noch vermisse. Trotz der Dinge, die sie taten und die zu ihrer Zeit vielleicht nicht so glücklich waren. Aber … Worum es geht, in dieser ganzen Familie habe ich keinen gesehen, der so in sich gekehrt war wie du, und du wirst mir zustimmen, daß keiner von ihnen voll im Leben stand. Leben tut man in der Gegenwart, Mendel, mit dem Blick auf die Zukunft. Du versuchst, rückwärts zu leben. Nein, warte. Du versuchst, rückwärts zu leben, und das ist nicht das einzige, du hast außerdem eine derart kalte und herzlose Meinung von den Menschen und der Welt, daß ich mir nicht vorstellen kann, wie du je Gedichte geschrieben hast.«

»Das hat damit nichts zu tun.«

»Hör mal, Mendel, ich habe nie etwas anderes geschrieben als Rezepte, aber ich weiß trotzdem, daß alles Schöpferische aus Liebe zur Welt, aus Hoffnung oder zumindest Respekt entsteht. Ich frage mich, was belastet dich? Der Krieg?«

»Wieso der Krieg?«

»Weil ich momentan sehr viele junge Leute deines Alters in meinem Sprechzimmer habe mit Problemen der zweiten Generation. Es gibt eine Menge junger Leute, die durch die Dinge, die sie hören und lesen, bitter geworden sind, die sich schuldig fühlen, weil sie nicht einen Bruchteil dessen leiden, was ihre Eltern erlitten haben.«

»Ich nicht.«

»Sag das nicht so schnell.«

»Der Krieg spielt in meinem Leben keine Rolle. Für mich ist Judentum mehr als sechs Millionen Juden. Ich weigere mich, den Krieg zum Kernpunkt meines Glaubens zu machen.«

»Davon spreche ich nicht«, sagt Vanderbergh. »Mir geht es darum, daß du durch Menschen geformt bist, die viel mitgemacht haben, viele schreckliche Dinge. Diese Menschen haben sich dadurch verändert, und diese Veränderungen haben sie an ihre Kinder weitergegeben.«

»Laß uns jetzt den Wein trinken.«

»Ich mache mir Sorgen um dich.«

»Das ist nicht nötig«, sagt er.

»Was machst du den ganzen Tag lang, so ganz allein im Haus?«

»Die Wäsche.«

Es stimmt, denkt er später, als er im Schnee die lange, krumme Straße entlanggeht, die auf den Bahnhofsplatz mündet. Die Häuser neigen sich ein wenig vor, als hätten sie ihn denken hören und spitzten jetzt die Ohren, um mitzubekommen, was er sagen wird. Das mache ich, ich mache die Wäsche. Fast jeden Tag sitze ich vor diesem umgedrehten Bullauge in der Maschine und schaue auf die sich im Kreis bewegende Wäsche, ich kenne alle Programme aus dem Kopf, ich weiß, wie vorsichtig sie *fein, nicht farbecht* hin und her schaukelt, wie sie volläuft und ganz leise summt, wenn sie Wasser für *Hauptwäsche 90 Grad, ohne Bio-Einweichen* erwärmt. Ich kenne diese Maschine besser, als ich mich selbst kenne. Er geht an Mencos Geschäft vorbei und sieht die dunkle Scheibe, auf der mit weißen Buchstaben geschrieben steht: »Frühlingsstoffe aus Paris. Jetzt bereits eingetroffen!!!« Er bleibt stehen und schaut durchs Fenster. Er kennt den Laden gut. Von seinem fünften Lebensjahr an ging seine Mutter mit ihm zu Menco, um Kleider machen zu lassen. Hinter dem Laden war ein hoher quadratischer Raum, der durch moos- und grasbewachsene, wie Sägezähne geriffelte Dachfenster erhellt wurde. Das Licht im Atelier war leicht grünlich. Er sieht sich selbst wieder. Auf einem hohen Zuschneidetisch steht er, steif wie eine Schneiderpuppe, die Arme etwas ausgebreitet, Beine gerade, unbeweglich, und Menco spricht und scherzt mit seiner Mutter und nimmt das Maßband, das er um den Hals trägt, und mißt seine Beine, seine Arme und schließlich, neckend, den Kopf. »Du hast einen großen Kopf, einen Studierkopf. Du wirst Arzt.« Er schüttelt den Kopf. »Kein Arzt?« Menco sieht seine Mutter an und lacht. »Was dann, Mendel, was willst du werden? Rabbiner?« Die Stimme seines Großvaters in seinem Kopf: »Nicht groß oder mächtig wollen wir werden, nicht reich oder berühmt. *Ein* Streben hat der Jude: zu werden *a mensch*.« Seine Mutter stößt ihn sanft an. »Gib Mijnheer Menco eine Antwort, Mendel.« Vom hohen Tisch, umgeben von endlosen Regalen mit Stoffballen, blau und gelb und grün, dünn und dick, bestickt und gekräuselt, auf die langen verchromten Stangen schauend, an denen Kleider und Mäntel und Anzüge hängen, von diesem Tisch herab sagt er es: »*A mensch*.«

Er geht weiter und erschauert. Der Schnee schmilzt auf seinem Kopf, Schmelzwasser schlängelt sich über Hals und Nacken abwärts.

»Du hast dich so weit von uns verirrt«, hat Vandergh gesagt. »Es wird immer schwieriger werden, die eigenen Leute zu verstehen. Ich war immer der Meinung, dein Großvater hätte dich in einen jüdischen Verein schicken sollen.«

»In einen *glatt*-koscheren Tischtennisverein?«

Vanderbergh hatte geseufzt.

»Ich habe mich nicht verirrt. Ich bin meinen eigenen Weg gegangen. Ich bin Jude wie ihr, nur mit dem Unterschied, daß ich mich nicht in Gefühlsduselei versteige.«

»Mendel ...«

»Ich versinke auch nicht in Traumbildern von einem warmen Vorkriegsjudentum. Ich lasse Gott nicht durch Butterkuchen ersetzen oder durch den Krieg.«

»Den was?«

»Allmählich ist alles, was mit Juden und Judentum zu tun hat, verseucht vom Krieg. Das ist unser Bezugssystem. Was ist los mit Mendel Adenauer? Ob es wohl am Krieg liegt? Das Judentum ist mehr als sechs Millionen Leichen, viel mehr, fünftausend Jahre mehr, sechstausend Jahre mehr, viele Kriege und Pogrome und Blutbäder mehr. Es gibt Gott, es gibt den Engel des Gesichts, es gibt den Herrn des Todes. Es gibt Hunderte, Tausende von Geschichten, denen keiner zuhört. Worüber wird zur Zeit gesprochen, wann wird einem Juden zugehört? Wenn die Greuelgeschichten von den Lagern erzählt werden, wenn wir das verfolgte Volk sind. Und worüber sprechen wir selbst, was ist unsere Theologie? Sechs Millionen, die Verfolgung.«

»Ich dachte, du bist so für das Schwache.«

»Bin ich auch, aber das bedeutet meiner Meinung nach nicht, daß man aus dem Schwachen eine Kultur machen soll. Das Schwache ist ein Schritt auf dem Weg zu Erkenntnis, zu Verständnis, zu Gott.«

»Mystik.«

»Warum nicht? Warum keine Kabbala in dieser Welt?«

»Nichts dagegen, aber du hast keine Hoffnung. Wie kannst du glauben, wenn du keine Hoffnung hast?«

»Wer sagt, daß man ohne Hoffnung nicht leben kann? Hoffnung ist nichts. Hoffnung heißt: glauben, daß der Würfel nach einer langen Serie anderer Zahlen am Ende auf die Sechs fällt. Es bewirkt zwar, daß du weiterwürfelst, aber die Argumentation stimmt nicht.«

Der Arzt hatte sich vorgebeugt, die zusammengekniffenen Augen auf ihn gerichtet. »Warum lebst du dann, Mendel?«

Wie kommt es, denkt er, als er den Bahnhofsplatz überquert, eine mit Bleistiftstrichen hingeworfene kleine Figur im dichten Schnee, daß ich nicht erklären kann, was ich meine? Er schlittert über das blaugraue Kopfsteinpflaster, das von den Bussen schiefgedrückt ist. Das undeutliche Bild der Gestalt, die an seinem Bett erschien, als er zehn war, drängt sich im Schnee auf. Es scheint, als säße ich in völliger Trübsal da und wartete auf den Tod, denkt er, aber so ist es nicht. Ich bin nicht trübsinnig. Es ist nur so, daß ich nicht weiß, warum alles so ist, wie es ist. Und ich muß wissen, warum es so ist, wie es ist. Ich glaube nicht an Pläne für die Welt, sagt er in

Gedanken zu dem alten Arzt, ich glaube nicht mehr an die Segnungen des Sozialismus. Ich glaube an gar nichts mehr, was von Menschen für Menschen erdacht worden ist. Aber ich muß wissen, warum gestorben wird, denkt er. Wie kann es sein, daß wir weiterleben, wenn wir wissen, daß man sich gegenseitig mit Benzin übergießt und anzündet?

In der Bahnhofshalle brennt ein sanftes gelbliches Licht, das vom Scheitelpunkt der hohen Kuppel herabsinkt und eine Art milder Dämmerung schafft. Er grüßt den Schalterbeamten und geht zu den Bahnsteigen hinaus. Auf dem linken Gleis steht eine große Diesellokomotive. Das sonore Dröhnen des Motors, der fettige Geruch von Öl und nasser Luft versetzen ihn für einen Moment ungefähr fünfzehn Jahre zurück, als er ohne Bahnsteigkarte zu den Gleisen durfte und sich die Züge ansah. Bilder kehren zurück: eine Lok, dampfend in der Kälte eines frühen Winterabends, die Räder halb verschwunden in schweren Rauchwolken, Leute in langen Mänteln, mit Schirm und Hut, Koffer auf Gepäckträgerkarren.

Er geht unter der hohen Überdachung am Gleis entlang. Hinter der Lokomotive hängen braune Güterwaggons, auf denen in weißen Rechtecken Buchstaben- und Zahlenkombinationen gepinselt sind. Ich komme noch immer zum Schauen her, denkt er. Wie früher. Vielleicht bin ich ja in diesem Leben, um zu schauen. Aber warum? Wer wird geboren, um zu schauen, wenn er kein Maler ist und kein Prophet?

Einer der Waggons ist offen. Eine Schiebetür ist zur Hälfte aufgeschoben. Auf der Ladefläche kniet ein Mann in einem weiten blauen Overall. Hoch aufgestapelt an den Wänden sind Baumwollballen. Weiße Bäusche, wie große Wattekugeln, liegen auf dem rohen Holzboden verstreut. Der Mann dreht sich um und starrt ihm kurz ins Gesicht. Mendel nickt. Der Mann winkt. Sie kennen sich von den vielen Malen, die er hier abends über die Bahnsteige gestreift ist. Sie haben gelegentlich eine Zigarette zusammen geraucht und Kaffee aus der Thermosflasche getrunken, die der Mann in einer schwarzen Ledertasche mit sich trägt. Mendel steigt in den Waggon und kauert sich hin. Es ist warm im Wagen, als hätte die Baumwolle die Wärme aus dem Herkunftsland festgehalten und gäbe sie hier, in diesem kalten Land, langsam ab.

»Am Streunen?«

Mendel nickt.

»Schönen Abend hast du dir ausgesucht. Es liegt noch viel mehr Schnee in der Luft.«

Mendel sucht in seiner Manteltasche.

»Nicht hier«, sagt der Mann. »Bei Baumwolle kann man nie wissen.«

Sie stehen auf. Der Mann nimmt die Liste und das Klemmbrett, die neben ihm auf dem Boden liegen, und klettert ihm voran aus dem Waggon. Sie gehen den leeren Bahnsteig entlang zur Kantine.

»Die kommen weg, die Loks da«, sagt er und nickt in Richtung der Lokomotive, an der sie gerade vorbeigehen. »Wir steigen auf Elektrizität um. Alles wird anders.«

Sie bleiben kurz stehen und starren auf den fettverschmierten Eisenkoloß. Mendel schnuppert den Dieselgeruch ein. Alles ist vertraut, denkt er, der Bahnhof, der dunkle Geruch von Dieselöl, das Licht, der Schnee. Dies ist mein Zuhause.

In der Kantine blinzelt er ins hohe weiße Licht. Die Tische sind mit Zucker und Asche bestreut, der graugeäderte Linoleumboden ist rissig. Der Mann setzt sich an das Fenster, von dem aus man auf den Bahnhofsplatz und das Restaurant Koning sehen kann. Mendel nimmt ihm gegenüber Platz und schaut zum Restaurant hinüber. Dort brennt noch Licht. Hinter den Fenstern bewegen sich die verschwommenen Gestalten von Kellnern hin und her. Er greift zu seinen Zigaretten.

»Dies ist meine letzte Woche«, sagt der Mann.

Mendel runzelt die Augenbrauen.

»Rente. Nächsten Monat werd ich fünfundfünfzig.«

»Ich dachte, man geht erst mit fünfundsechzig in Rente.«

Der Mann nickt. Er beugt sich zu dem brennenden Streichholz, das Mendel ihm hinhält.

»Ich hab früher in den Tropen gearbeitet. Bei van Twickel. Als die Sache dort hochging und wir zurückkamen, wurden einem die Jahre hier doppelt angerechnet.«

»Bei van Twickel?«

Der Mann lehnt sich auf dem fragilen Stuhl zurück. Die Stahlbeine seufzen auf dem Linoleum.

»Eine Plantage. Ich war für die Betriebsbahn zuständig. Van Twickel durfte hier nach dem Krieg nicht viel machen.«

»Warum?«

»Die standen auf der falschen Seite, Mensch, die van Twickels. Aber total. Der Alte war irgendein hohes Tier in der Partei. Gauleiter oder stellvertretender Bürgermeister. Ich weiß es nicht.«

Das pergamentartige Gesicht des Mannes, den er einmal gesehen hat, taucht vor ihm auf. Auf der falschen Seite. Und offenbar aus Überzeugung. Es ist keine Wut in ihm, eher Abgeklärtheit. Er denkt daran, was sein Großvater einmal gesagt hat, daß diejenigen, die auf der falschen Seite standen, immerhin noch den Mut hatten, sich rundheraus dazu zu bekennen, daß die auf der richtigen Seite dagegen ihre Nachbarn deportieren ließen und sich später urplötzlich als Widerstandshelden entpuppten. »Helden von was?« sagte sein Großvater. »Helden für ihresgleichen.«

»Ist er nicht bestraft worden?«

Der Mann schüttelt den Kopf und lacht. »Die Familie hält hier schon seit grauer Urzeit die Fäden in der Hand. Nein, ich glaube, sie haben ihn einfach eine Weile weggeschickt. Damals konnte man seine Strafe verringern. Manche arbeiteten freiwillig in den Bergwerken, van Twickel ging in die Tropen.«

»Und dann?«

»Dann gab's einen Aufstand. Nicht gegen van Twickel. Gegen die Regierung oder, wie nennt man das, den Maharadscha. Eines Nachts hat der ganze Laden lichterloh gebrannt. Wir sind mit der Lok geflüchtet, van Twickel, seine Frau, ein paar Bedienstete, ich. Man sah das Ganze über dem Wald brennen, dem Dschungel, wie man das nennt. Die Bahnlinie führte erst durch ein Tal und dann über einen sehr breiten Hügelrücken. Auf dem ganzen Weg nach oben konnte man sehen, wie der Laden brannte. Der Himmel über den Bäumen war knallorange. Das war der größte Brand, den ich je gesehen hab, bis auf die Papierfabrik Drees.«

Daran erinnert er sich. Die Fabrik, am Stadtrand gelegen, hatte drei Tage lang unkontrolliert gebrannt. Er war mit seinem Großvater hingegangen und hatte sich durch die Menge gedrängt, bis er zu einem Wassergraben kam. Dort, in dem leergepumpten Graben, lag er und schaute auf die Hölle auf Erden. Die riesigen Lager und Hallen der Fabrik zündeten sich gegenseitig an. Man sah das Feuer überspringen, als röche es, daß auf der anderen Seite der Werksstraße ein Leckerbissen lag.

»Wann war das?«

»Die Plantage? Neunundfünfzig, sechzig, so um den Dreh.«

»Und die Familie van Twickel, gab's da noch kein Kind?«

Der Mann denkt nach, als vergegenwärtige er sich das Bild seiner kleinen Tropenlokomotive wieder und zähle die Fahrgäste. »Da gab's ein Kind«, sagt er. »Eine Einheimische kümmerte sich darum.«

Der Lautsprecher knarzt und streut Wörter und Nummern über sie aus. Der Mann drückt seine Zigarette aus, leert den Plastikbecher mit Kaffee und steht auf.

»An die Arbeit«, sagt er.

Mendel erhebt sich und geht mit ihm ins Freie. An der Kantinentür wendet er sich dem Mann zu. Er reicht ihm die Hand und lächelt vage.

»Danke für die Gesellschaft.«

Der Mann nickt. »Wenn du Langeweile hast, dann komm doch mal vorbei. Ich denke, sie lassen dich nachts nicht mehr auf die Bahnsteige, wenn ich weg bin.«

Er nennt seine Adresse. Dann sieht er ihn an.

»Warum kommst du noch immer hierher?«

»Mein Großvater …«

»Weiß ich. Aber warum bist du danach noch gekommen?«

Mendel läßt den Blick über die Bahnsteige schweifen. Neben der Lokomotive steht ein anderer Mann, im gleichen blauen Overall. Er hebt den Arm und winkt mit dem großen gelben Handschuh, den er in der Hand hält. Während er zurückwinkt, sagt er: »Ich bin so einer, der immer kurz vor dem Aufbruch steht und doch nie weggeht.«

Der Mann lacht. Er haut ihm auf die Schulter und geht den Bahnsteig hinunter.

Die Uhr, die hoch oben in der Halle hängt, zeigt

zehn. Hinter den Glastüren am Eingang fällt der Schnee noch immer dicht und stetig. Er geht aus dem Bahnhof hinaus, steigt vorsichtig die glatte Treppe hinunter und überquert den weißen Platz. Es liegen schon ungefähr fünf Zentimeter. Das wird der weißeste Dezember, den er je erlebt hat.

VI

Dear Sir, it is my sad duty to inform you of the death of your mother, Ruth Mara (Adenauer). She died in the fulfilment of her duty as a nurse, when on her way to attend to soldiers, who had been wounded when their jeep ran into a mine. Unfortunately the ambulance, carrying Mrs. Mara and two other people, hit another mine. According to witnesses she was almost immediately dead.

Her good humour, and her selfsacrifycing commitment to her work will always be remembered. Mrs. Mara's burial has taken place in Haifa. Yours Truly, A. N. Anon, Magen David Adom.

Mit dem Brief in der Hand ruft er Doktor Vanderbergh an.

»Was bedeutet ›Mara‹?«

Es ist still am anderen Ende der Leitung.

»Wieso, ist alles in Ordnung mit dir?«

»Jaja, ich habe mich nur gefragt, was das Wort bedeutet, ich bin darauf gestoßen.«

»Bitter«, sagt Vanderbergh, »von *maror*, Bitterkraut. Sehen wir dich übrigens mal wieder in der Schul?«

»Ich bin nie in die Schul gegangen«, sagt er.

»Vielleicht wird es Zeit.«

»Vielleicht.«

»Mendel?«

Obwohl Vanderbergh nur ein paar Straßen entfernt wohnt, scheint es, als rauschte die ganze Welt in der Leitung, als hörte alles und jeder mit, mit angehaltenem Atem.

»Ja?«

»Stoß die Menschen, die dir nahestehen, nicht von dir.«

Er lacht. »Es ist eher umgekehrt«, sagt er. »Die Menschen, die mir nahestanden, sind von mir weggestoßen worden.«

»Was ist passiert?«

»Meine Mutter ist umgekommen.«

»Mein Gott.«

Eine immense Stille in der Leitung. Es scheint auf einmal sehr gut möglich, daß Gott mithört.

»Mein Gott. Was ist passiert?«

»Eine Mine. Sie ist offenbar auf eine Mine gefahren.«

»Deine Familie ist schwer getroffen, Mendel.«

»Meine Familie?« sagt er. »Das Wort Familie deckt nicht mehr ab, was passiert. Dies ist ein Grab in Form einer Familie.«

Vanderbergh schweigt. Zwischen ihnen knistert die Telefonleitung.

»Bist du noch da?« sagt der Arzt.

»Jaja«, sagt er, »ich bin noch da.«

Als er den Hörer aufgelegt hat und in seinem Sessel am Fenster im Wohnzimmer Platz genommen hat, wiederholt sein Geist die Beschreibung, die er Vanderbergh gab. »Ein Grab in Form einer Familie.«

Wir sind ja wie die Dinosaurier, denkt er, wir sterben auf einen Schlag aus.

»Du bist der Stammhalter«, hatte sein Großvater vor langer Zeit gesagt. Er hatte gefragt, was das bedeute. »Wenn du keine Kinder bekommst, stirbt der Name Adenauer aus. Du bist der letzte Jude, der Adenauer heißt.« Er fragte, ob es denn auch Leute gebe, die Adenauer hießen und keine Juden seien. Sein Großvater hatte genickt. »Ursprünglich ist es nicht einmal ein jüdischer Name«, sagte er. »Die Deutschen haben einen Kanzler gehabt, der Adenauer hieß.« Wie üblich folgte eine Geschichte. Es gebe zwei mögliche Erklärungen für diesen bizarren Namen. Die erste: Eine entfernte Vorfahrin habe einen Deutschen namens Adenauer geheiratet, ohne ihrem eigenen Glauben untreu zu werden. Die zweite Erklärung, sein Großvater hatte eine geheimnisvolle Miene dazu gemacht, sei eine Familienüberlieferung. »Stell dir vor, irgendwo im Osten, in einem kleinen Dorf, eine jüdische Familie. Sagen wir: in Polen oder in Rußland. Es ist kurz, nachdem die Franzosen dort ihr Recht und ihre Verwaltung hinterlassen haben. Ein Beamter erscheint an der Tür des Häuschens, in dem diese jüdische Familie wohnt, und sagt, die Zeit sei gekommen, da jeder einen festen Nachnamen haben müsse. Es gibt einige in dem Moment, die denken, das sei eine Modelaune, die sich darüber lustig machen und sich Nacktgeboren oder Immervoll nennen. Unser Vorfahre jedoch hört den Beamten an und sagt, er sei der Sohn von Aron und jeder wisse das und … Der Beamte, der bereits fünfzehn polnische Scherzbolde aufgesucht hat, ist ungeduldig. Er schüttelt den Kopf. Er sagt: ›Nein, blöder Jude, einen Nachnamen sollst du dir ausdenken, und wenn du dich nicht beeilst, dann fliegst du in den Bau.‹ Unser Vorfahre hat früher bereits Bekanntschaft mit der Ungeduld der Polen gemacht. Aus Angst und Entsetzen hebt er die Hände gen Himmel und ruft den Herrn der Welten an: ›Adonai!‹ Der Beamte greift zu seinem Bleistift und notiert einen neuen Nachnamen.« Sein Großvater hatte dabei gelacht. Die Vorstellung, daß dieser merkwürdige Name aus dem Munde von jemandem gekommen war, der in seiner Not Gott anrief, gefiel ihm sehr.

Er denkt an den Tod seines Großvaters, am frühen Morgen des fünfzehnten Mai 1979. Ein achtloser Tod, ein Ereignis zwischen Tür und Angel. Bevor er und seine Großmutter es merkten, war er weg. Der Körper, den er zurückließ, hatte ausgesehen wie ein Mantel, den jemand hatte liegenlassen, hastig, schludrig, der Eigentümer unauffindbar, hingeworfen auf den Ohrensessel, auf dem sein Großvater die letzten Monate verbracht hatte.

An jenem Morgen war er um halb neun hinaufgegangen, um sich zu verabschieden. Es war ein wichtiger Prüfungstag. Es war der letzte Tag und die einzige Prüfung, bei der er sich sicher war, kein Genügend zu erzielen. Chemie war ein Fach, das er überhaupt nicht begriff. Er fand das merkwürdig, bei einem, der so gern kochte wie er. Was, dachte er, ist Chemie anderes als Kochen? Er kannte die Antwort und daß er sich dadurch gestärkt fühlen müßte, doch die Klarheit blieb aus. Irgendwie konnte er den Schleier, der zwischen ihm und dem Periodischen System hing, nicht lüften. Während der Chemienachmittage, jeden Dienstag von zwei bis halb fünf, saß er mit hämmerndem Schädel und zusammengebissenen Zähnen an seinem Labortisch und versuchte, Sellerie und saure Sahne, Möhren, Butter und Petersilie in Bismut, Pottasche, Helium, Argon und Natrium zu sehen. Sosehr er auch versuchte, seine Ratatouilles aus Elementen zuzubereiten, übrig blieb eine Mahlzeit, deren Sinn und Zweck niemand verstand, nicht einmal er selbst.

Oben an der Treppe traf er seine Großmutter. Sie schleppte einen großen weißen Sack. Als er neben ihr stand, ließ sie den Sack los und stieß ihn mit dem Fuß die Treppe hinunter. Wie ein schlaffer Körper humpelte der Sack nach unten.

»Ich dachte, Textilien sind leicht«, keuchte sie. »Manchmal denke ich, was tragen wir hier zu Hause? Panzerhemden?«

Er sagte seiner Großmutter, daß er jetzt in die Schule ginge, und trat mit ihr ins Schlafzimmer, wo der alte Mann in einem Sessel am Fenster saß. Sie sahen ihn, wie üblich, nicht. Der Sessel hatte ihn auf dem Schoß. Als sie neben dem Sessel standen, stellten sie fest, daß er nicht mehr da war.

Er war kein Mensch mehr. Mendel blickte ihn an und sah ihn nicht. Er suchte seinen Großvater in dem Ding, das in dem Sessel saß, aber da war nichts, nur der fahle Mantel, der da so lässig hingeworfen lag. Er wollte gerade fragen, wo er sei, als er sich vergegenwärtigte, daß genau dies von einem Menschen übrigbleibt: eine Hülle, ein Sack mit Knochen, das Aufziehtier, das abgelaufen ist.

»Er ist tot«, sagte er. Er hörte die Bestürzung in seiner Stimme.

Seine Großmutter nickte. Sie hatte die Augenbrauen gerunzelt. Sie machte ein Gesicht, als denke sie an etwas Schwieriges.

»Du mußt in die Schule«, sagte sie.

Er schüttelte den Kopf.

Sie trat beiseite und hob die rechte Hand. Sie bewegte den Zeigefinger.

»Beeil dich, du kommst zu spät zu deiner Prüfung.«

»Er ist tot, ich geh jetzt nicht weg.«

Sie senkte ein wenig den Kopf und sah ihn unter den Augenbrauen hervor an.

»Er wird nicht wieder lebendig, wenn du deine Prüfung vermasselst. Ich ruf Vanderbergh an. Ich kümmere mich schon darum. Da ist nichts zu machen, Mendel. Das ist etwas, was seit langem zu erwarten war. Ab in die Schule.«

Sie griff nach seinem Arm und zog ihn mit zur

Treppe. Sie führte ihn nach unten. Während er sich kopfschüttelnd, den Mund offen vor Verwunderung ob soviel praktischen Denkens, mitziehen ließ, sah er den Wäschesack daliegen.

Dann war seine Mutter weggegangen, einen Monat später. Sie hatte ihre Abreise schon ein halbes Jahr zuvor angekündigt. Seine Großmutter und er hatten sie zum Bahnhof gebracht.

Während er in die Küche geht, wo er Kaffee kocht und, auf der Spüle sitzend, dem Brodeln des Apparats lauscht, sieht er seine Mutter, wie sie sich aus der Zugtür beugt.

»Ich möchte nicht, daß du mitkommst zum Schiff«, hatte sie gesagt. »Wir verabschieden uns hier. Diesen Brief«, sie überreichte ihm einen zugeklebten Umschlag, »darfst du erst öffnen, wenn das Schiff weg ist.«

»Sieht aus wie ein Roman.«

Sie hatte ihn ernst angeblickt. Auf einmal sah er, daß sie viel mehr eine Mutter war, als er je geglaubt hatte. In das spröde schwarze Haar hatte sich Grau eingeschlichen, das junge, naive Gesicht hatte unter dem einst aus Paris mitgebrachten Sinn für elegante Schminke etwas Ernsthaftes, Erwachsenes. Jetzt, mit einem Bein im Zug, der sie zu dem Hafen bringen sollte, in dem das Schiff nach Haifa auf sie wartete, schien es, als sei er nahe daran, sie kennenzulernen.

»Es ist kein Roman.« Sie strich sich ein paar störrische Haare aus dem Gesicht und sah ihn durchdringend an. »Das Leben ist keine Geschichte.«

Er hatte den Kopf abgewandt und zu der Eisenbahnüberführung in der Ferne geblickt, zu dem Punkt, an dem die Schienen in der Perspektive verschwinden.

»Mendel?«

Ihre Augen waren groß und dunkel, sanfter denn je.

»Ich war keine richtige Mutter.«

»Eine Schwester«, sagte er.

»Es ging nicht anders.«

Der Schaffner hob seine Kelle.

»Mama?«

Sie schaute erschrocken.

»Glaubst du an Israel?«

Er gießt Kaffee in einen Becher mit abgebrochenem Henkel. Ich hätte etwas anderes fragen sollen, denkt er. Egal, was. Ich hätte sagen sollen: Fahr nicht weg, bleib hier.

Er erinnert sich an sie in der offenen Zugtür, sichtbar um eine Antwort verlegen, weil er die falsche Frage gestellt hat. Er erinnert sich, was er dachte, als er auf dem Bahnsteig stand und sie nach Worten ringen sah. Lautsprecher tönten ununterbrochen, unter der hohen Überdachung hing der Geruch von Dieselöl und faulem Obst. Er dachte: Ich muß sie fragen, wer mein Vater ist, das Gesetz des Abschieds erfordert Antwort auf zumindest *eine* große Frage. Er hielt den Mund.

»Es geht nicht um glauben«, sagte seine Mutter.

Der Schaffner pfiff und sprang in den Zug. Seine

Mutter beugte sich vor und zog ihn, eine Hand am Türgriff, eine in seinem Nacken, an sich. Er trat auf die Stufe und schlang die Arme um ihre Schultern. Einen Augenblick wurde ihm schwindlig im Duft ihres Haars. Sie war kleiner als er, doch jetzt, in diesem Zug, schien es, als wäre er zehn und suchte an ihrer Brust Trost.

»Massel un broche«, sagte er. »Vor allem *broche*.«

Sie ließ ihn los, küßte ihn auf den Mund und wandte sich ihrer Mutter zu. »Schreibst du?« sagte seine Großmutter. Ruth nickte. Die Frauen umarmten sich. Als sie sich losließen, setzten sich die Türen in Bewegung, und durch den Zug lief ein Zittern. Seine Mutter schob das Fenster auf und schaute hinaus. Ihr Gesicht war starr. Der Zug seufzte und setzte sich ruckend in Bewegung.

Hier, in der Küche, auf der Spüle sitzend, den dampfenden Kaffeebecher in der Hand, sieht er sie vor sich. Der Zug mit seiner sich aus dem Fenster beugenden Mutter verschwindet in der Tür zum Wohnzimmer. Er schaut ihr nach und sieht sie in Schwarzweiß: Eine junge Frau in elegantem Khakirock und seidener Khakibluse besteigt die *SS From Here To Eternity*.

Dann der Brief, zu Hause, in seinem Zimmer. Er hatte an seinem Tisch gesessen, die Hände in einem Kreis aus gelbem Lampenlicht und in diesen Händen das Papier mit der mädchenhaften Schrift.

»Mendel, irgendwo auf dieser Welt treibt sich Dein Vater herum, irgendwo anders auf dieser Welt lebt

Deine Mutter. Du kannst sagen, daß Du, im Geiste, eine Waise bist. Das klingt hart, aber ich weiß, daß Du mit dieser Beschreibung einverstanden bist. Du warst, im Geiste, immer schon eine Waise. Dein Vater lebt noch immer, denke ich. Ich habe ihn seit 1958 nicht mehr gesehen.

Ich werde Dir jetzt nicht sagen, wo Du ihn finden kannst, denn das weiß ich nicht. Als ich ihn kennenlernte, streifte er bereits umher, und damit hat er meiner Meinung nach nie aufgehört. Ich habe mich gefragt, ob Du seinen Namen kennen müßtest. Ich glaube nicht, daß das nötig ist. Schließlich hast Du ihn nie gekannt, wirst ihn nie kennenlernen und hast bisher nie Interesse an der Frage gezeigt, wer Dein Vater ist und wo er herkommt.

Ich bin vielleicht nicht die Mutter, wie andere sie haben oder gehabt haben, und vielleicht bin ich auch viel zu sehr irgendeine Art Schwester gewesen, die zu lange im selben Haus wohnte wie Du. Trotzdem ist dies ein Brief mit einem mütterlichen Rat.

Fühl Dich nicht zu sehr als Waise. Allein zu sein ist nicht schlimm, Einsamkeit auch nicht, aber allein *und* einsam zu sein und dann auch noch zu *suchen*, ist fatal. Ich weiß, daß Du genau dazu neigst. Es ist eine Sache, mit dem Gedanken zu kokettieren, daß das Leben, das wirkliche Leben, eine Wanderung durch die Wüste ist, ein Streifzug über die Ebene des Geistes (so hast Du es mir gegenüber ausgedrückt), aber es ist etwas anderes, das auch noch in die Praxis umzusetzen.

Ich weiß, wie Du denkst, Du hast es mir auch gesagt: ›Mosche hat uns aus Ägypten herausgeführt, wir müssen uns selbst aus dem Ägypten unseres Geistes herausführen.‹ Das klingt interessant, aber es ist ein Gedanke, nicht mehr. Wenn Du zwanzig bist, mußt Du erst mal leben, zur Not in Ägypten, und diesen Exodus erst beginnen, wenn sich der Boden unter Deinen Füßen vertraut anfühlt. (Ich bin nicht umsonst erst jetzt nach Israel gegangen, mit achtunddreißig.) Außerdem, Mendel, Du bist nicht Moses. Du bist jemand mit einer zu lebhaften Phantasie, der sich als Prophet, Messias, Dichter, Entdeckungsreisender, Koch und Waschfrau fühlt, und das alles gleichzeitig und durcheinander. Das ist für Dich kompliziert, andere macht es verrückt. Es ist, als würdest Du mehrere Leben führen.

Ich weiß, daß Du, wenn Du jetzt auf das Leben schaust, das Du bald führen sollst, in einen Nebel starrst, in eine Landschaft, bei der sogar der Horizont verschwommen ist. Du weißt nicht, was Du machen willst, Du weißt nicht, was Du werden willst, Du weißt kaum, wer Du bist. Und jetzt bist Du auch noch allein (Du hast Imma, aber sie hat schon so viel mitgemacht).

Mendel, Du brauchst nichts zu werden, was Du nicht willst. Ich sollte Dir das vielleicht nicht sagen, aber Du wirst es ja doch erfahren: Von dem Erbe ist ein Teil für Dich bestimmt. Das, sowie das Geld, das ich dazugetan habe (meinen Anteil, ich brauche dort nicht so viel), sorgt dafür, daß Du in Kürze eine monatliche Summe zur Verfügung hast, von der Du leben kannst. Es gibt Menschen, die eine solche Regelung als Freibrief betrachten, ihr Leben zu vergeuden und nur ein bißchen herumzutirilieren. Du bist nicht so. Trotzdem: Nutze die Situation und tu, was Du *wirklich* willst. Wenn Du Geschichten erzählen willst oder wenn Du Gedichte schreiben willst (ich habe alles gelesen, was in der Schachtel unter Deinem Schreibtisch ist!), dann tu es.

Daß Du in Kürze über einen monatlichen Betrag verfügen wirst, bedeutet nicht, daß ich mich von einer Familienschuld freikaufe. Ich gehe zwar weg, ich bin vielleicht keine richtige Mutter gewesen, und Imma und Abba waren wahrscheinlich sehr, sehr unorthodoxe Großeltern, aber wir vier waren eine Familie auf die bestmögliche Weise. Ich weiß, daß Dir nichts gefehlt hat, was Du unbedingt brauchtest.

Ich hoffe, Du schreibst mir. Ich werde Dir schreiben, und ich werde immer an Dich denken als an einen Sohn, einen jüngeren Bruder und einen Freund. Deine Ruth.«

Es war ein Brief gewesen, der seiner Mutter mehr Informationen gegeben hatte als ihm. Er konnte sich vorstellen, wie sie einen großartigen Abschiedsbrief im Sinn gehabt hatte und sich schließlich in einer Beschreibung dessen verloren hatte, wie sie ihn sah, einer Beschreibung ihrer »Schuld« ihm gegenüber und ihrer Beunruhigung im Hinblick auf seine Zukunft.

Keine Woche nach der Abreise seiner Mutter war

seine Großmutter gestorben, selbst Vanderbergh wußte nicht recht, woran. Der alte Arzt stand neben dem großen Bett in dem Zimmer, das wie immer ein Meer von Sonnenlicht war, zuckte mit den Achseln und schüttelte gleichzeitig den Kopf.

»Ein Herzanfall, vielleicht.«

»Oder vielleicht ganz einfach Müdigkeit«, hatte er gesagt und an das Simeonslied gedacht: »Herr, nun laß in Friede, lebenssatt und müde, deinen Diener fahren zu den Himmelsscharen ...«

Ganz kurz hatte er sich, als er sie an jenem Morgen im Bett gefunden hatte, auf die gleiche Weise als Marionette empfunden wie seine Großeltern und seine Mutter während der Kriegsjahre, doch der Anblick dieser friedlichen, schlafenden Gestalt, das graue Haar wie eine nachlässige Aureole um das verlassene Gesicht, hatte dieses Gefühl rasch vertrieben.

»Gottes eigener Pfadfinder ist zum Oberpfadfinder befördert worden«, sagte er zu Wessel van Dijck.

VII

Eines Nachts hört er eine Stimme. Sie klingt wie tausend Stimmen, wie das tausendfache Flüstern von jemandem, den er kennt. Er sitzt aufrecht im Bett, den Rücken an die Wand gelehnt, bis auf die Augen in dem Berg versteckt, den er aus seinem Federbett gemacht hat.

Die Stimme sagt: »Manchmal bin ich so allein, Mendel, so weit weg und so allein, daß ich mich nicht erinnern kann, wie es war, nicht allein zu sein. Ich liege im Dunkeln und warte, ich mache Winkel in die Nacht, rechte Winkel, damit die Nacht vertrauter scheint. Es ist so dunkel, daß ich die Nacht beinahe spüre, wenn ich atme. Die Luft ist schwer und schwarz. Schwere, schwarze Luft sickert in meine Augen, schwere, schwarze Luft sinkt in meine Lungen und füllt meinen Körper. Ich bin allein, Mendel, niemand ist um mich, nichts und niemand. Das Dunkel ist leer und endlos. Das Dunkel ist gesättigt und klein. Manchmal werde ich wach, und dann scheint es, als würde ich zum erstenmal wach, ein vorweltliches Erwachen. Ich sage: Arm. Ich strekke einen Arm aus. Ich sage: Kopf. Ich spüre das Hämmern des Bluts in meinen Schläfen. Ich sage: Ohr. Ich höre die Geräusche der Welt, dürres Laub.

Es ist ein Spiel. Ich kann denken: Hier ist eine Küche, Spüle aus rotgestrichenem Holz und gesprungenem Granit, ein schwarzlackierter runder Tisch, ein umgedrehter Zinkeimer auf dem verwitterten Holzfußboden. Und da ist eine Küche, Spüle aus rotgestrichenem Holz, gesprungenem Granit, Tisch, Eimer, Fußboden. Ich kann meinen heiligen Finger (Finger!) in meinen Herr-der-Welten-Mund stecken und auf dem frischpolierten Holz des Tisches mit Spucke eine Geschichte malen. Ich denke an einen Freund, meinen Geist, und ich spreche, wir sprechen, und ich denke, daß meine Gedanken die Welt, die Geschichte, den Tisch, den Fußboden, die Küche, mich selbst erdenken.

Bis ich nicht mehr weiß, wo ich denke und erschaffe, gedacht werde und erschaffen worden bin.

Es ist ein kompliziertes Spiel.

Manchmal spreche ich, manchmal mache ich Flecken auf die Stille und erzähle mir selbst eine Geschichte. Marilus der Große, sage ich dann, Marilus der Große (das ist ein Name, der mir einfach so in den Sinn kommt) hatte vier Kinder, und alle konnten fliegen – und sie flogen auch. Wenn es Nacht war und der Wind aus fernen Regionen kam, getrocknet von der Sonne, gekühlt über Schnee und Eis, dann kletterten sie aus ihren Betten aus Stroh und Fell und verließen die Burg. Auf den Zinnen des Nordturms stellten sie sich auf, und auf das Zeichen von Serabir, dem Ältesten, sprangen sie in die kalte, trockene Nachtluft. ›Wo fliegen wir hin?‹ rief Kunilan, der kleinste, dem vorbeiströmenden Wind zu. ›Wo fliegen wir hin, Brüder und Schwestern?‹ ›In den Nachtwald‹, rief Serabir dann. ›Zum schwarzen Fluß.‹ Am Mond vorbei flogen die Kinder, hintereinander, eine dünne Reihe fröstelndes Fleisch in flatterndem Stoff. Über die Felder flogen sie, die schwarzen Felder mit ihren noch schwärzeren Furchen, und über die Wälder, die Spitzen von Nadelbäumen, die reglos emporwiesen. Wenn sie sich dem Nachtwald näherten, gingen die Kinder tiefer. Serabir als erster, dann Mofur, Marilus' älteste Tochter, danach Queenima (sie war klein, aber gescheit für ihr Alter) und zum Schluß, immer als letzter, als ängstlicher letzter, Kunilan, der noch immer nicht wußte, wohin sie flogen. ›Dies ist der Nachtwald‹, sagte Serabir, wenn sie auf dem feuchten schwarzen Boden standen, und er deutete auf die Wand des bleiernen Waldes, der unmittelbar vor ihnen lag. ›Dies ist der Wald, in dem die Sonne keine Macht mehr hat.‹

Manchmal erzähle ich mir eine solche Geschichte. Meist nicht. Meist liege ich oder stehe, das spielt keine Rolle, meist liege oder stehe ich, umringt von dem, was ich um mich herum denke. Ein Zimmer? Ein Zimmer. Eine Geschichte? Eine Geschichte. Vielleicht eine Welt. Vielleicht. Ich liege. Ich stehe. Ich bin. Und ich denke. Ich versuche, mit dem Denken die Leere zu füllen. Ich denke manchmal an dich. Ich denke an die Zeit, als du noch nicht da warst, und ich versetze dich in diese Zeit. Hand in

Hand gehen wir rückwärts zurück. Du wirst nicht jünger, ich werde nicht jünger. Du fragst, wo wir sind, daß die Welt so dunkel und formlos ist, und ich sage: Dies ist die Welt der Nacht, dies ist meine Nacht. Und du bist glücklich. Oh, du bist glücklich, wenn wir so gehen, Hand in Hand, zurück. Oh, du bist warm und weich, und in deinen Augen glimmt eine Glut, die den Weg, den wir rückwärtsgehend zurückgelegt haben, aufleuchten läßt. Der aufleuchtende zurückgelegte Weg. Hör zu, Mendel. Hör zu, sage ich, und ich erzähle dir, wie alles begann.«

»Ruth?« Seine Stimme überschlägt sich.

Das Dunkel im Zimmer ist massiv und schwarz.

»Ich bin nicht deine Mutter.«

Ein Rauschen ertönt. Ein Rauschen wie der Flügelschlag des Fürsten des Todes.

Er knipst die Lampe neben seinem Bett an und starrt mit weit geöffneten Augen ins Zimmer. Es ist leer. Bett, Tisch, Stuhl und Lampe, zusammengefaltete Kleider in einem kleinen Stapel auf der Sitzfläche des Stuhls, Schrank.

Er steigt aus dem Bett und geht zum Schrank. Er zieht sich an und geht vorsichtig aus dem Zimmer, die Treppe hinunter, ins Erdgeschoß. Im Wohnzimmer liegt der kalte Schein einer Straßenlaterne auf dem Fußboden. Seine Hände sind blau im einfallenden Licht. Er holt eine Flasche Wein aus dem Keller, spült in der Küche ein Glas aus und setzt sich auf den Fußboden, den Rücken am weißemaillierten Herd, Beine auf dem schwarzweiß gewürfelten Fliesenboden ausgestreckt. Auf der grauen Granitspüle steht sein Einpersonenabwasch in einem Gestell.

Er sagt, zu niemandem im besonderen, nicht einmal zu sich selbst: »Ich bin ein ordentlicher junger Mann.« Er schaut auf den Abwasch, die Waschmaschine, die blinkende Küche. Dann steht er auf, greift nach seinem Jackett, das zwischen den Handtüchern an einem Haken hängt, steckt die Flasche in eine der Taschen und öffnet die Tür zum Innenhof. Ein großer fahler Mond hängt am Himmel, umgeben von einem Frostring.

Auf dem Kirchplatz, knapp außerhalb des Kreises aus gelbem Touristenlicht, der die Grote Kerk in die Höhe hebt, bleibt er stehen. Er blickt sich um, zu den hohen, alten Häusern, den Tischböcken der Marktstände, die an den Hauswänden auf den Morgen warten. Dann geht er zur Kirche und dreht sich um, den Rücken an einem Strebepfeiler, blind im Nebel aus Licht. Sein Atem kondensiert in der kalten Luft. Es tost in ihm. Hier bin ich, denkt er, der Wurm, der ein Mensch wurde, Morula, Fötus, Embryo, die denkende Samenzelle.

Er geht um den Strebepfeiler herum und berührt mit den Händen die Mauer. Sandstein, weicher, alter, ruß- und fettgetränkter Sandstein, wie alles in dieser Stadt. Der Nagel seines rechten Zeigefingers kratzt eine gelbe Spur in die graue Mauer. Unter dieser düsteren Kirche steckt ein fröhlicher Bau.

Er dreht sich um, lehnt sich an die Mauer und

lächelt. Sie steht ein paar Schritte vor ihm. Er hat sie nicht kommen hören.

»Es ist ein sehr schöner Platz, findest du nicht?«

Sie nickt.

»Ich habe nachgedacht«, sagt sie. Sie reicht ihm den Arm und zieht ihn mit. Sie gehen um die Kirche herum, in die Schatten des Seitenschiffs, den Platz hinunter, in eine alte schmale Straße. Überall das gleiche gelbe Licht, die gleichen aus dem Lot geratenen Fassaden, Kästen mit verblühten Geranien auf den Fensterbänken, stehengelassene Fahrräder. Hier können wir gehen, bis wir nicht mehr wollen, denkt er, diese Nacht hat kein Ende.

»Worüber hast du nachgedacht?«

Arme umeinandergeschlungen, als wären sie eigenständig, suchten andere Arme, wollten Trost. Ihre Schritte sprechen hinter ihnen.

Die Uhr der Grote Kerk dröhnt zweimal. Sie stehen mitten in der steinernen Mulde vor dem Bahnhof. Alles wirkt jetzt größer, denkt er, größer als früher, fast so groß wie damals, als ich zehn war. Sie überqueren den Platz, Absatzgeklapper bricht sich an der langen Mauer, als ginge ein Regiment Frauen auf Pumps durch die Nacht. Auf der untersten Stufe der Treppe vor dem Bahnhofsgebäude breitet sie ihren Mantel aus und setzt sich.

»Here in the shadow, in the corner of the stair – a minute to say good-bye.«

Sie schaut auf.

»Ein Buch«, sagt er.

Sie nickt.

Er geht die Treppe hinauf. Langsam sinkt die Bahnhofshalle in sein Blickfeld. Mondlicht fällt von den leeren Bahnsteigen herein auf den schmutzigen Fußboden und macht Riesenschatten aus Papierknäueln und Pappbechern. Er drückt die Stirn an die Scheibe der Eingangstür und läßt die Kälte über sein Gesicht strömen.

»Komm«, sagt er, als er wieder unten steht.

Sie folgt ihm über den Platz, durch die lange Straße neben dem Bahndamm, nach links am Park vorbei, bis sie auf dem Kies vor dem Eingang des Hotels am Park stehen.

»Auf Wiedersehen«, sagt sie.

»Du gehst?«

»Ich komme nur einmal.«

»Ruth?«

Sie wendet den Kopf ab.

»Was meinst du, wieviel Abschied kann ein Mensch ertragen?«

Sie dreht sich ganz langsam um, und ganz langsam geht sie, reist sie, durch den Kies zur Straße.

»Worüber hast du nachgedacht?« ruft er.

Eine weiße Hand flackert im Dunkel.

Er wartet, bis er das Klappern ihrer Absätze nicht mehr hört. Er setzt sich auf die Eingangstreppe. Hinter ihm springt das Licht in der Lobby an. Die Tür öffnet sich.

»Warten Sie auf jemanden?«

Er dreht sich um. Der Nachtportier streckt, etwas

vorgebeugt, den Kopf um die Tür und starrt auf den jungen Mann auf der Treppe.

»Nein«, sagt er. Er steht auf und geht in die Stadt, durch das Zentrum, auf die Felder.

VIII

»Hallo, Anna.« Er steht mit hochgezogenen Schultern, Hände in den Taschen, einen zu kleinen Schal um den Hals gewickelt und den Kragen seines Jacketts hochgeschlagen, vor der Tür. Der Schnee fällt still und üppig auf seinen Kopf und die Kleider. Er kann sich nicht erinnern, wann ihm zum letztenmal so durch und durch kalt war. In Gedanken sieht er, wie seine Knochen blau werden.

»Mendel? Was ist los?«

Er schüttelt den Kopf.

»Nichts«, sagt er. »Ich war in der Nähe.«

Sie tritt zurück und hält ihm die breite grüne Tür auf. Er stampft mit den Füßen, klopft Kleidung und Haare ab und tritt ein. In der Diele stehen sie sich schweigend gegenüber, wie zwei Liebende, die sich zu lange nicht gesehen haben.

Das Haus hat sich verändert. Bei der Abiturfete hatte hier die trockene, angestaubte Atmosphäre überlebten Adels geherrscht. Jetzt glüht in der Diele und in dem großen Zimmer, das er durch die offene Tür sieht, eine abendliche Wärme, die ihn an alte englische Krimifilme erinnert.

»Ich wohne hier zur Zeit allein«, sagt sie. »Meine Eltern sind voriges Jahr gestorben.«

Als er sie bei dieser Fete kennenlernte, schienen es Menschen zu sein, die nicht sterben, sondern verschwinden.

»Das tut mir leid.«

Sie nimmt seinen beschneiten Schal und hängt ihn in einen tiefen Schrank. Er spürt, wie die Kälte in Wellen über seinen Körper zieht, in seinem Kopf beginnt es langsam zu schneien. Er würde gern in diesem Schrank wohnen.

Sie geht ihm voran in das große Zimmer und führt ihn zu dem Kaminfeuer, das am anderen Ende brennt.

»Du erwartest doch keine Leute, oder? Ich komme doch nicht ungelegen?«

Sie bleibt stehen, legt die Hand auf einen der beiden großen Chesterfieldsessel, die vor dem Feuer stehen, und sieht ihn mit hochgezogenen Augenbrauen an. Sie schüttelt den Kopf.

Etwas in dem Haus vermittelt ihm das Gefühl, sein Besuch komme ungelegen. Das lichterloh brennende Kaminfeuer mag zwar eine Notwendigkeit sein, die alten Heizkörper bekommen die hohen Räume bestimmt nicht warm, aber das Licht, die Stille, die hier wie Scheibengardinen herumhängt, die Art und Weise, wie Anna gekleidet ist, all das deutet darauf hin, daß hier etwas bevorsteht.

Sie nehmen in den Sesseln Platz und starren in das Feuer, das hoch auflodert im Kamin. An den Holzscheiten ist zu sehen, daß es vor noch nicht so langer Zeit angezündet worden ist.

»Wie bist du hergekommen?« sagt sie. Sie sieht ihn nicht an, als böte sie ihm die Gelegenheit, sich etwas auszudenken, als *wünschte* sie, er dächte sich etwas aus.

»Ich bin zu Fuß gekommen.«

»Ich mache dir was Warmes zu trinken«, sagt sie.

Wie bist du hergekommen? Zu Fuß. Zu Fuß? Zu Fuß. Woher?

Er hebt den Kopf und schließt die Augen.

Heute gedenken wir des Auszugs aus dem Ägypten des Pharaos.

»Mendel?«

Er öffnet die Augen. Anna steht neben ihm. Sie hält ein kleines Tablett in den Händen und sieht ihn eindringlich an.

»Ich hab gefragt: Du magst sicher einen Kaffee?«

Er lächelt. Er nimmt die hauchdünne Tasse und Untertasse und schaut wieder ins Feuer. Wie kann es sein, daß er vergessen hat, wo er herkommt?

Er stand vor der Tür, er kam über den Kies …

Nein, vorher.

Weiß, das endlose, träge Fallen des Schnees, erstarrte Wallhecken, zugefrorene Wassergräben, endlose weiße Felder, ohne Fußstapfen, ohne Spuren.

»Was für ein Tag ist heute, Anna? Wie spät ist es?«

Sie beugt sich zur Seite und schaut ins Zimmer.

»Fünf Uhr«, sagt sie. »Fünf Uhr, Montag.«

Wer vergißt einen Montag?

»Es ist verrückt«, sagt er, »aber mir fällt absolut nicht ein, wo ich herkomme.«

Er sieht sie an und lächelt.

»Es ist, als wäre ich hier reingekommen, und mein ganzes Gedächtnis wäre auf einmal leer, alles weg.«

Er fragt sich, an welchem Punkt in der Zeit er seine erste Erinnerung wiederfindet. Er läßt seine Gedanken schweifen. Das jüngste, das er wiedererkennt, ist ein Traum vom Fürsten des Todes, der ihn besucht. Das war vor zehn Jahren, als er zehn war und krank.

»Ich bitte Suzy, daß sie uns etwas Besonderes kocht«, sagt sie.

Er kann sich nicht vorstellen, was er tun soll außer hierbleiben, vorläufig, für immer, solange er lebt.

Sie gehen in ein Zimmer, das fast ausgefüllt ist von einem weißgedeckten Tisch. Eine untersetzte dunkle Frau ist gerade dabei, Besteck hinzulegen.

»Suzy!« ruft er.

Sie läßt vor Schreck einen Dessertlöffel fallen.

»Mister Mendel, you frightened me.«

Er lächelt. Sie schüttelt den Kopf und beginnt, Schüsseln mit Deckeln und Platzteller zu arrangieren. In einer halberhellten Ecke des Zimmers, am kleinen Wurzelholzbüfett, sieht er Anna Manhattans zubereiten.

»What kind of lovely dinner did you cook for us, Suzy?«

Sie hält mit ihrer Arbeit inne und starrt verlegen auf seine Füße.

»Come on, Suzy, tell me. Please?«

Sie sieht ihn an.

»Oysters«, flüstert sie. »Oysters in white wine, Mister Mendel, and greens and …«

»Oysters?« sagt Anna.

Er sieht sie am Ende des Zimmers dastehen. Ihre Augen glänzen. Sie ist weit entfernt.

»Oysters? Suzy, he doesn't eat oysters. I told you, he's a jew.«

Die Köchin schaut bestürzt um sich.

»Nonono. No fish. It's veal. I just don't know what to call … The man says oysters.«

»Kalfsoesters«, sagt Anna. »Kalbsmedaillons. Mein Gott.« Sie dreht sich um und nimmt die Cocktailgläser vom Büfett. Die Köchin steht mit ineinander verschlungenen Händen da und schaut sie an. »It's all right, Suzy, it's all right.«

»Oysters«, sagt er, »I like that very much.«

Er fühlt, daß ihm gleich die Stimme versagen wird. In seiner Brust sitzt etwas, das ihn müde, todmüde, und verletzlich wie ein Kind macht. Er setzt sich und starrt auf den Tisch. Die glänzenden Schüsseln, das flammende Besteck, das Licht, das von den Gläsern sprüht, und das strahlende Weiß der Tischdecke ziehen einen diffusen Schleier über das Zimmer. Er sieht Anna durch einen dünnen Nebel zum Tisch segeln und die Gläser wegnehmen. Er will protestieren, aber sein Glas ist leer. Er kann sich nicht erinnern, daß er getrunken hat. Mit trägen Bewegungen nimmt sie eine Weinflasche aus einem funkelnden, beschlagenen Kühler. Sie füllt die Gläser, stellt langsam-langsam die Flasche zurück und setzt sich. Die Luft ist erfüllt vom Klirren der Eiswürfel. Er nimmt sein Glas und prostet, lächelt, schon wieder, noch immer. Sein Gesicht ist müde vom Lächeln.

»Auf die Suche«, sagt er.

»Die Suche?«

»Die mich hierher führte.«

Die Kalbsmedaillons kommen auf einem Bett aus grünen Tagliatelle. Sie liegen wie kleine tote Tiere auf den breiten grünen Bändern. Er ißt und trinkt und merkt erst nach einiger Zeit, daß er starrt, und lächelt. Er merkt, daß er, seit sie das Eßzimmer betreten haben, noch kaum mit ihr gesprochen hat.

»Anna«, sagt er.

Sie sieht ihn erstaunt an. Hat er zu laut gesprochen? Zu leise?

»Ja?«

Augen wie Katzenfellchen, ihre Augen.

»Ich bin weit gereist.«

Sie runzelt die Augenbrauen.

Er trinkt sein Glas aus und starrt ins Licht des Tisches. Es scheint, als würde der Tisch größer, als blickte er über eine Ebene, eine strahlendweiße, große Ebene, und an deren Ende, auf der anderen Seite, ist sie, klein, weit weg, so schön. Er kneift die Augen zusammen, um sie sehen zu können.

»Ich bin durch die Steppe gereist, durch die Wüste und durch das Land, in dem immer Gras wächst.«

Was hört sie? denkt er. Hört sie etwas anderes als das, was ich sage, oder sage ich etwas anderes als das, was sie hört? Er hat eine trockene Kehle, eine Kehle wie Holz.

»Ich habe die Ebene durchquert, und als ich wieder in die bewohnte Welt kam, ging ich zurück. Manchmal dachte ich, ich sei irgendwo.«

Sie ist so weit weg. Er hat keine Ahnung, wie sie ihn noch hören kann.

»Ich habe mich geirrt«, ruft er. »Ich habe nichts gefunden.«

Anna hebt die Hand.

»Ich bin immer auf der Stelle gegangen.«

Er hört noch immer das Klirren der Eiswürfel. Er hebt das Glas und lächelt. Anna greift nach der Flasche und gießt ein. Ihre Augen sprühen, ihr Blick schießt hin und her zwischen dem Wein und seinem Gesicht.

»Ich bin so müde, Anna.«

Sie nickt. Der Wein strömt aus der Flasche. Er hat Angst, daß das Glas überfließt und der Tisch und das Zimmer, daß die ganze Welt zu Wein wird.

»Ich bin so müde, daß ich mich am liebsten unter die Baumwurzeln in diesem Wald legen würde, um zu schlafen. Ich hätte am liebsten die Erde des Waldes rings um dein Haus in meiner Nase und meinem Mund und zwischen den Fingern tote Blätter und Zweige und in meinem Haar kleine und große Käfer und … und ich würde gern schlafen, schlafen, schlafen.«

IX

Er ist zehn Jahre alt. Er ist krank.

Es ist hell, aber anders als sonst. Er blickt um sich und sieht, daß das Zimmer auch anders ist: hoch und weiß und groß. Neben dem Bett steht eine Frau, die er nicht kennt. Sein Kopf ist verbunden.

»Da bist du ja«, sagt sie.

Sein Mund tut weh.

»Uh«, sagt er.

»Schlaf wieder. Du hattest Kopfschmerzen, aber wir haben deinen Kopf gesund gemacht.«

Er ist zehn, und er träumt, daß er zehn ist und träumt. Er träumt von seinem Geburtstag. Er liegt in einem verdunkelten Zimmer, und sein Körper ist leicht wie Altweibersommer. Der Wind kräuselt das Wasser rund um sein Bett. Sein Zimmer ist ein See. In der Ferne hört er das Wasser an die Zimmerwände plätschern. Er sagt: »Ich bin zehn, ich habe Geburtstag.« Dann ist er in einem endlosen Raum, und er fällt, und seine Mutter und sein Großvater und seine Großmutter fallen mit. Er ruft nach ihnen. Er winkt. Er winkt mit Armen und Beinen, er purzelt wie ein angeschossener Fasan durch die Nacht. Sie hören ihn nicht. Seine Großmutter und sein Großvater fallen, als würden sie tanzen. Sein Großvater trägt einen Smoking. Unter ihnen, weit unter ihnen, purzelt seine Mutter. Sie dreht sich wie ein spielendes Kätzchen im Kreis. Manchmal bauscht sich ihr weißes Kleid wie ein Regenschirm um die Hüften. Sie schreit vor Freude. Sein Großvater und seine Großmutter schauen nach unten und lächeln.

Dann wird alles anders. Die Bilder kippen in seinem Kopf. Alles läuft durcheinander.

Als es wieder ruhig wird, ist er allein. Er fällt noch immer, noch immer geräuschlos. Er dreht den Kopf und blickt um sich. Es ist so schwarz, daß er nicht einmal seine nackten Füße sehen kann. Er hört die Stimme seiner Großmutter. Sie sagt: »Das Leben ist wie ein Vogel, der durch die Nacht fliegt. Alles ist schwarz, der Vogel sieht nichts. Dann fliegt er in eine Scheune, in der ein Feuer brennt. Vor Panik flattert er im Kreis umher, bis er die Tür findet und wieder in die Nacht hinausfliegt. Das ist das Leben: ein Vogel, der aus der Nacht kommt, ganz kurz von dem Feuer in der Scheune erhellt wird und dann wieder ins Dunkel fliegt.«

Ein anderes Bett, ein Lächeln wie ein Teich.

»Dies ist Doktor Vanderbergh.«

Mit ihr durch das Feld, das geschorene Feld, Krähen wie Fahnen.

»Vanderbergh?«

Verbeugt sich wie ein Riese.

»Ich gebe dir jetzt eine Spritze.«

Kräuselungen. Tanzende Möbel, Walzer tanzende Stühle.

»Wie alt bin ich?«

»Du mußt jetzt schlafen.«

»Zehn?«

Kieselsteine. Worte wie Kieselsteine.

»Ich habe keine Ohrenschmerzen.«

Trocken wie Papier, Lippen, Kehle wie Holz.

»Ich würde aber gern was trinken.«

Arm. Kopf hoch zum Glas und Wasser, süß wie Wasser, süß wie Soße.

»Sie hat gesagt: Feuer.«

»Sie?«

»Die Stimme.«

Wörter Kieselsteine, Mund voll Kiesel.

»Welche Stimme? Welche Stimme, Mendel?«

»Wer ist Mendel?«

»Du bist Mendel. Mendel?«

Er ist verlorengegangen. Er hat seine Mutter, seinen Vater und seine Großeltern verlassen und ist über die große Picknickwiese mit der Eiche in der Mitte zum kleinen Bach am anderen Ende des Felds gelaufen. Dort sitzt ein Mädchen am Wasser. Sie wirft Stöckchen hinein und schaut zu, wie sie über eine kleine Schleuse schießen oder hängenbleiben. Vor der Schleusentür, über die Wasser fließt, hat sich eine Insel aus Zweigen gebildet.

»Bei uns«, sagt das Mädchen – sie schaut nicht einmal auf, als er sich neben sie stellt – »machen wir im Herbst Bötchen.« Sie wirft ein Stöckchen auf die andere Seite der Strömung ins Wasser. Es dreht sich einmal im Kreis und bleibt dann in dem Gewirr aus

Zweigen vor der Schleuse stecken. »Aus Birkenrinde«, sagt sie. »Weiße Bötchen.« Er nickt. Das kann er sich vorstellen: ein Land, in dem man im Herbst Bötchen aus Birkenrinde macht.

Sie steht auf und geht stromaufwärts, am Ufer entlang, und winkt ihm. Er folgt ihr.

Das Ufer wird immer schlimmer. Wo sich der Bach krümmt, sind ganze Stücke weggebrochen, und das Gras weicht gelbem Sand mit braunen Flekken. Allmählich kommen sie in einen Wald aus dünnen Birken. Er verliert sie immer häufiger aus den Augen. Manchmal sieht er nur das Weiß ihres Kleides zwischen den Bäumen schimmern, wie eine Art Signalflagge, deren Bedeutung ihm unklar ist. Sie gehen weiter und weiter. Von Zeit zu Zeit ist sie verschwunden, völlig unsichtbar. Dann taucht sie plötzlich wieder zwischen den Birken auf.

Nach einer ganzen Weile geht der Birkenwald in einen richtigen großen Wald über. Erst steht hier und da eine Buche zwischen den knochigen Birken, doch nach und nach gibt es nur noch große Bäume, Buchen und Eichen, umringt von verdorrtem Brombeergestrüpp und schütteren Haselbüschen. Dann weicht der Wald. Das Ufer weitet sich zu einer Lichtung, bedeckt mit gelbem Riedgras. Das Mädchen läuft durchs Gras und schaut sich um. Beim Näherkommen sieht er, daß sie sich auf einen großen Stein setzt. Sie reicht gerade mit den Füßen bis zum Boden. Er steht am Waldrand und schaut mit zusammengekniffenen Augen zu dem Mädchen auf dem

Stein. Ihr Mund bewegt sich, sie winkt mit dem Arm. Er hört sie nicht.

Als er das Mädchen am Bach verlassen hat, geht er langsam zurück, erst den langen Weg neben dem Wasser, dann über das große Feld. Bei der Eiche in der Mitte bleibt er stehen. Ein riesiger Schatten wogt über das Gras. Es scheint, als erschauere das Feld. Die Luft verändert sich. Die dünne Kühle des Spätsommerabends wird überspült vom Geruch nasser schwarzer Erde, von altem Laub und Regen. Es ist, als ergieße der Herbst sich über die Welt, wie ein Riese, ein Riese, der massig und lautlos fällt, über das Feld, den Baum, den kleinen Bach, über ihn.

Zwei

I

»Ich lebe von gar nichts«, sagt er. »Ich werde unterhalten.«

Das Auto gleitet wie ein Ruderboot zwischen Baumreihen dahin. Auf den Feldern entlang der Straße glänzen goldbraune Getreidestoppeln im flachen Herbstlicht.

»Schau.«

Er zeigt auf den Acker auf seiner Seite. Eine Krähe hockt auf dem hohen Rücken einer Furche. Sie beugt sich über den Boden, als wolle sie Erde fressen. Sie hebt ihre flatternden Flügel und schlägt den Acker. Als Anna hinschaut, zieht der Vogel den Kopf ein und schreit.

»Wenn ich abergläubisch wäre«, sagt sie, »dann würde ich jetzt keinen Meter mehr fahren.«

Das Auto treibt langsam zur Straßenmitte. Sie wendet den Kopf nach links und schaut über die Schulter zurück. Er sieht, wie ihr Hals länger wird.

»Ich bekomme einen Unterhaltsbeitrag«, sagt er.

Der Wagen biegt in einen schmalen Weg zu einem dichten grauen Nadelwald ein.

»Man gibt dir Geld? Zum Leben? Eine Art monatlicher Zuwendung?«

Er nickt.

Zwischen den Bäumen hängt schweres, nasses Dämmerlicht. Er zieht seinen Mantel um sich und rutscht tiefer in den Sitz.

»Zünd mir mal eine Zigarette an, bitte.«

Sie deutet auf das Handschuhfach. Darin liegt ein zerknautschtes Päckchen Chesterfield. Als er eine anzündet, riecht er einen verwirrenden Wirbel verschiedener Gerüche, eine Mischung aus frischgebranntem Kaffee, aus Honig und dem würzigen, staubigen Duft von gutem, trockenem Holz. Er gibt ihr die Zigarette und überlegt, ob er wieder anfangen soll zu rauchen.

Der Wagen biegt in einen Sandweg ein, den er kennt. Am Ende des Weges wird der Wald aufbrechen, und sie werden zu der Lichtung kommen, auf der das Haus steht. Er schließt die Augen und läßt sich von dem voranpflügenden Wagen hin und her wiegen.

»Mendel! Mendel Adenauer!«

Sie sah aus, als hätte sie in einem Vakuum gelebt, einer Zeitleere, in der alles seit 1979 stehengeblieben war.

»Tag, Anna.«

»Mendel Adenauer ...«

»Wie geht es dir, Anna?«

Ihr schlanker Hals, das hochgesteckte schwarze Haar, das Gesicht mit den großen dunklen Augen, die feine Nase, das schwarze Kostüm und darunter Strümpfe, die wie ein Perlmutthauch auf ihren Beinen lagen, ihre schwarzen Wildlederpumps, er hatte seit Jahren niemanden gesehen, der so schön, so gepflegt und gleichzeitig so traurig war.

»Laß uns dort hingehen«, sagte sie. Sie ging die paar Treppenstufen hinauf und spazierte vor ihm her, durch die volle Halle zum Flur neben dem Biologieraum. Der Flur war eigentlich ein Korridor, der die beiden Hälften des Gebäudes miteinander verband. Auf der rechten Seite lagen Praktikumsräume, dahinter das Lehrerzimmer mit den großen Fenstern, die Aussicht auf den Schulgarten boten. Auf der linken Seite des Flurs waren Glasscheiben mit breiten Marmorfensterbänken, unterbrochen von pockennarbigen Pfeilern aus angestrichenem Beton. Anna setzte sich auf die Fensterbank neben die Vitrine, in der noch immer dieselben undeutlichen Häkelarbeiten und Zeichnungen hingen wie vor drei Jahren. Sie stellte eine glänzende Lacktasche neben sich. Daraus kam eine genauso glänzende Zigarettenschachtel zum Vorschein.

»Noch immer stilvoll«, sagte er.

Sie lächelte.

»Was machst du bei einem Klassentreffen, Anna?«

»Das fragst du?«

Sie klapperte mit einer Streichholzschachtel, die Zigarette wie eine Antenne eleganten Benehmens zwischen Zeige- und Mittelfinger.

»Dasselbe wie du«, sagte sie. »Ich suche dich.«

Rauch kräuselte empor. Er verfolgte die hellblauen Arabesken, die an ihrem Gesicht vorbei zum Fenster zogen, wo sie wild zu wirbeln begannen. In der Ferne erklang ihre Stimme, so leise und ruhig, daß er kaum hören konnte, was sie sagte. Er starrte nach draußen, wo die ersten Gäste zu ihren Autos gingen. Jemand verlangsamte seine Schritte und spähte in das Licht der Scheibe. Er wandte den Kopf zur Seite und schaute in den Flur.

»… Briefe, aber ich habe gar nichts mehr gehört. Das einzige, was ich noch bekam … Mendel?«

Er blinzelte.

»Schon gut«, sagte sie.

»Sollen wir etwas trinken gehen, im Souterrain?«

»Warum?«

»Vielleicht sind da Leute, die du sehen willst.«

Sie schüttelte den Kopf. »Du bist so naiv, Mendel.«

Er runzelte die Augenbrauen.

Sie wedelte den Rauch ihrer Zigarette weg, legte die Hände neben sich auf die Fensterbank und senkte den Kopf. Er konnte sehen, wie stramm die Haare in dem Knoten an ihrem Hinterkopf zusammengezogen waren. Der schmale hellbraune Nacken ging in ein Netz kerzengerade nach oben geführter schwarzer Haare über.

Er setzte sich neben sie und blickte auf die Tür des Biologieraums.

»Stil …«

Sie richtete sich ruckartig auf. Drehte den Kopf und sah ihn an.

Ihre Augen hatten mit irgend etwas Ähnlichkeit.

»Warum sitzen wir hier, Mendel, und nicht im Souterrain?«

Er dachte nach.

»Wir sitzen hier, weil ich von diesen Leuten in Anzug mit Weste nicht ›goutiert‹ werde. Wir sitzen hier, weil jeder außer dir weiß …«

»Weiß?«

Sie schüttelte den Kopf.

Weiß.

Er blickte zur Seite, auf ihr in hellblauen Rauch gehülltes Gesicht.

»Nichts«, sagte sie.

Betaute Trauben, ihre Augen schimmerten wie betaute Trauben.

Der Wald öffnet sich. Zwischen den auseinanderweichenden Bäumen flackert das verschwommene Weiß des Hauses. Der Wagen verlangsamt seine Geschwindigkeit, biegt auf den Kiesweg ein, der um die große Grasfläche herumführt, und schlägt einen ordentlichen Halbkreis zur Veranda. Er öffnet die Tür und steigt aus. Eine Bahn flaches Sonnenlicht sticht wie ein Messer durch die Baumwipfel rings um den Rasen. Er steht etwas unbehaglich neben der Autotür. Dann erst sieht er das Haus richtig.

»Großer Gott!« sagt er.

Sie lacht stolz. Sie steht vor dem Haus, als solle sie fotografiert werden. Er tritt einen Schritt vor und lehnt sich mit dem Bauch an den Wagen, die Hände auf dem Dach, die Füße im tiefen Kies versunken.

Vor ihm ragt der kleine Kubus mit den beiden Flügeln auf, den er so gut kennt. Aus den Fenstern im Erdgeschoß strahlt sanftes Licht. Hinter dem Haus, wo die dunklen Spitzen von Nadelbäumen Gebirge imitieren, perlt graues Morgenlicht.

»Also – du findest es noch immer schön?«

Er findet es schön, noch immer. Noch immer ist dies das Haus, von dem er träumt.

»Es ist halb sieben«, sagt sie, als sie die Tür öffnet. »Wir schlafen jetzt erst mal ein paar Stunden.«

»Ich kann mich nicht einmal erinnern, wann ich zuletzt eine Nacht nicht geschlafen habe«, sagt er. »Ich führe das Leben eines Fötus. Man hat mir so ein eisernes Gleichmaß beigebracht, daß ich nicht einmal mehr weiß, daß es nachts noch so etwas wie menschliches Leben gibt.«

Er zieht seinen langen Regenmantel aus und sieht zu, wie sie ihn in einen Schrank hängt, der so groß ist wie ein Zimmer. Er ist in seinem ganzen Leben dreimal hiergewesen, doch jedesmal, wenn dieser Schrank geöffnet wird, überkommt ihn die Lust, hineinzugehen, um in ihm zu schlafen.

»Wie lange haben wir uns nicht gesehen?« sagt sie, als sie im Wohnzimmer sitzen. »Seit den Prüfungen ... Drei Jahre?«

»Fast zwei Jahre«, sagt er, »ein Jahr, neun Monate und acht Tage.«

Sie lacht.

»Ich habe die Tage gezählt«, sagt er.

Mit zusammengekniffenen Augen sah sie auf. Sie saß an den Stamm des einzigen Baumes auf dem Schulhof gelehnt, eine Buche, die auf einer kleinen Rasenfläche stand, die von der Schule und dem angebauten Flügel mit der Aula begrenzt wurde. Das Geißblatt neben den Türen duftete sanft, die blauen Wolken der ersten Zigaretten trieben durch die warme Luft. Es war zwölf Uhr, die Sonne stand senkrecht über dem Hof und brannte so stark herab, daß er den Atem hatte anhalten müssen, als er diese Wüste aus Pflastersteinen überquerte.

»Ist es dir recht, wenn ich mich hier hinsetze? Ich habe Einkäufe dabei.«

Sie rutschte beiseite. Er stellte seine Tasche ab und sank neben ihr ins Gras, in den Schattenkreis, den der Baum um sich ausbreitete. Die Gespräche auf den Stufen vor der Eingangstür verstummten. Gesichter drehten sich in ihre Richtung. Sie sah durch ihre zusammengekniffenen Augen zur Seite.

»Wenn es dir lieber ist, daß ich gehe …«

Sie legte den Kopf ein wenig schräg. »Ich hatte gedacht, du kümmerst dich nicht um so was.«

Ich hatte gedacht? Er konnte sich nicht vorstellen, daß sie sich irgendwelche Gedanken über ihn machte. In ihren Augen war er, dachte er, ein Schemen im Reich der Lebenden, unsichtbar, jedenfalls kaum sichtbar, etwas, von dem man allenfalls wußte, daß es dasein mußte, aber wo und wie? Natürlich, Anna war von der großen Gruppe, die die Klasse darstellte, genauso isoliert wie er, doch von ihr fühlte er sich noch weiter entfernt als vom Rest seines Jahrgangs.

Sie war die Tochter eines der bekanntesten adligen Großgrundbesitzer der Gegend, einer Gattung, die für noch erhabener gehalten wurde als die alles beherrschenden Textilfabrikanten. Ein Hauch von Verwunderung und Ehrfurcht war durch die Klasse gegangen, als der Direktor sie vorstellte. Anna van Twickel tot Dinkeloo, es hätte ihn nicht überrascht, wenn jemand aus den Bänken gerannt wäre, um sich vor ihr hinzuknien und ihr seine Treue anzutragen.

Das war 1978, sie waren siebzehn, achtzehn, und für die meisten von ihnen war die Welt nicht größer als die Stadt und die Gegend ringsum, und in dieser begrenzten Geographie war die Gesellschaft noch immer ein System streng voneinander getrennter Teile. Ein Teil der Arbeiterklasse fand nach wie vor Arbeit in der Textilindustrie und wohnte in anderen Vierteln mit anderen Schulen. Der Mittelstand war jetzt so weit entwickelt, daß er seine Kinder in die Montessorischule schickte, und die Oberschicht, die diese Schule gegründet hatte und noch immer finanziell über Wasser hielt, war aus der Stadt ausgezogen und hatte die Privatschulen in der Schweiz entdeckt. So war Annas Anwesenheit eine Ausnahme. Sie hätte in der Schweiz sein müssen.

Man begegnete ihr von Anfang an mit jener Mischung aus Ehrfurcht und Respekt, die jeden normalen menschlichen Kontakt ausschließt. Manchmal gingen die Mädchen nach der Schule zu einer von ihnen nach Hause. Anna wurde zu solchen Teestunden formell eingeladen. Oft konnte man schon Tage zuvor merken, daß alle möglichen Vorbereitungen für den eventuellen Empfang des »Freifräuleins van Twickel tot Dinkeloo« getroffen wurden. Es war immer vergeblich. Von Anfang an schlug sie alle Einladungen aus, meist mit der Entschuldigung, sie müsse noch so weit nach Hause radeln, manchmal mit einem Verweis auf den Wagen, der dann und wann nach der Schule für sie bereitstand.

Es gab viele Übereinstimmungen zwischen ihnen. Im Grunde war ihre Distanz zur Welt die gleiche. Anna wollte nicht von der großen Gruppe akzeptiert werden, und die große Gruppe akzeptierte sie nicht. Ihm war es gleichgültig, ob jemand ihn akzeptierte, er war an niemandem interessiert, und die Folge war, daß niemand an ihm interessiert war. Trotz dieser Übereinstimmung waren in seinen Augen die Unterschiede gleichzeitig größer, tiefer und unüberbrückbarer als die zwischen ihr und den anderen. Die anderen hätten von Adel sein können, sie hätten die Kinder von Großgrundbesitzern sein können, sie gehörten zu den Einflußreichen der Gegend oder würden künftig zu ihnen gehören. Er aber, so leidenschaftlich er auch von Rittertum und höfischem Wesen geträumt hatte, sosehr er all diese gewölbten, mit schwerem Eichenholz umfriedeten Fluren liebte, würde nie auf jene selbstverständliche, ungerührte Art und Weise Teil dieser Welt sein wie sie. Seine Geschichte lag woanders. Seine Vorfahren waren keine edlen Ritter in Kettenpanzern, keine grausamen, räuberischen Fürsten mit schwarzem Schild, keine Chevaliers Mal Fet, die große, heilige Taten vollbrachten. Sie verkauften Meerrettich und Matzen, zogen als Wunderrabbiner durch Rußland oder Polen. Sie waren dankbar, wenn sie sich irgendwo mit mehr als drei Leuten ansiedeln durften. Er erinnerte sich an eine Bemerkung seines Großvaters, als dieser erzählte, wie er von den Deutschen zum Bahnhof gebracht wurde und seine Freunde und Kollegen an der Straße standen und schwiegen: »Ich dachte, ich könnte ein Mensch des zwanzigsten Jahrhunderts sein, ein Gymnasiast, Niederländer und Jude zugleich. Ich dachte ...«

Anna und er, ihre Isolation war ebenso aufgezwungen wie selbst gewählt. Er als Jude in der Menge nicht-interessierter Christen, sie als adliges Relikt inmitten von Menschen, die seit Generationen zu ihrer Familie aufsahen. Die Wege, auf denen sie gekommen waren, waren so verschieden, daß es wie ein Fluch schien, allein nur daran zu denken, daß sie je miteinander sprechen könnten; also sprach er nicht mit ihr. Er hatte Epiktet gelesen und war mit ihm zu der Schlußfolgerung gelangt, es sei sinnlos, nach etwas zu streben, worauf man keinen Einfluß ausüben kann, und gegenüber der Geschichte Westeuropas, denn das war es, was sie trennte, wußte er sich, ohne lange darüber nachdenken zu müssen, machtlos. In gewisser Weise betrachtete er allein schon die Tatsache, daß er sie bemerkte, als Übertretung der Gesetze, die die Geschichte seinem Großvater beigebracht hatte: Du sollst nicht begehren, was der andere begehrt, du sollst das Verlangen nach einem Platz unter den anderen ersticken, du sollst unsichtbar, unhörbar und unbemerkt bleiben. Jede Annäherung an sie war ein Schritt weiter in die Verbannung hinein, die seinen Großvater definiert hatte. Der Klang ihres Namens war eine klarere Ermahnung als die gehässigen Bemerkungen, die er von Zeit zu Zeit zu hören bekommen hatte. Vor Anna fühlte er sich wie ein Unberührbarer gegenüber einem Brahmanen.

Aber er hatte sie wahrgenommen, vom ersten Moment an, von dem Moment an, da sie ohne Begleitung des Direktors die Klasse betrat, als sie, umgeben von diesem Vakuum aus Stille und Isolation, das er so gut kannte, in den Klassenraum kam. Sie war schön, sehr, sehr schön, aber das war es nicht, weswegen er sich zu ihr hingezogen fühlte. Vom ersten Augenblick an hatte er eine Ahnung von Gleichgestimmtheit, und das sog seine Gedanken zu ihr. Anna van Twickel tot Dinkeloo, ihr Name klingelte wie ein warnendes Glöckchen in seinen Ohren, das Bild ihres blassen Gesichts, der leicht gewölbten Stirn unter dem schwarzen, zu einem Pferdeschwanz zusammengefaßten Haar brannte sich in seinen Geist.

»Ich dachte, du magst vielleicht …«

Sie nickte und wandte sich wieder ihrem Buch zu. Er beugte sich zur Seite und zog die Tasche zu sich heran, griff einen Apfel heraus und gab ihn ihr. Sie nahm ihn entgegen und rieb ihn am Ärmel ihrer Bluse blank. Während er Musil hervorholte und aufschlug, fragte sie: »Warum sehe ich dich immer mit Einkäufen herumlaufen?«

»Ich bin bei uns zu Hause der Koch.«

Ihre Augenbrauen gingen in die Höhe. Er legte das Buch auf seine Knie und begann zu erzählen, wie es kam, daß er kochte, und daß sein Großvater gerade gestorben und seine Mutter nach Israel gegangen war, und als sie nach seinem Vater fragte, erzählte er, daß er nicht wisse, wie er heiße, und daß er ihn nie gesehen habe, nicht einmal kenne und auch nicht danach verlange, und dann war es zwei, die Schultür öffnete sich für die Bekanntgabe der Examensergebnisse, und er hatte sein Leben einem Menschen erzählt, den er nicht kannte, mit dem er so vieles gemein hatte und von dem er sich so sehr unterschied, den er in den vergangenen zwei Stunden nur noch mehr zu lieben begonnen hatte, als er es ohnehin schon tat.

Anna hatte mit mittelmäßigen Noten bestanden. Er wurde zum Direktor gerufen und erfuhr, daß er das Stipendium für den besten Schüler gewonnen habe. Wessel, der Junge, mit dem er von der ersten Klasse an die Bank geteilt hatte und auch bei den Pfadfindern gewesen war, gratulierte ihm als erster. Dann kam Anna auf ihn zu. Sie gab ihm die Hand und küßte ihn auf die Wange. Während sich Geflüster um ihn erhob und er das Blut durch seinen Kopf schießen hörte, drehte sie sich um und sah die Gruppe an, die sich um sie versammelt hatte.

»Heute abend, ab acht, gebe ich ein Fest«, sagte sie. Sie grüßte ihn und verließ den Schulhof. Ihre Einladung hatte geklungen wie ein Befehl.

An jenem Abend radelte er in der heranwogenden Dämmerung zu ihrem Haus. Über dem Wald verfärbte sich der Himmel. Weit vor ihm war es noch hell, hinter ihm wurde es bereits Nacht. Das Licht der untergehenden Sonne brandete mit rotorangen und violetten Wellen heran.

Es war ein weiter Weg, erst aus der Stadt hinaus, dann zwischen den hohen, alten Äckern hindurch, auf denen das Getreide gelb und still wuchs, dann durch den Wald, der Annas Familie gehörte, die Art von Wald, die man in der Gegend rund um die Stadt häufig fand: alte Eichen und Buchen. In der Nähe des Hauses ging der Laubwald in dichten, dunklen Nadelwald über. Hohe Kiefern schlossen sich zu einer anthrazitfarbenen Wand aus Finsternis entlang dem schmaler werdenden Weg zusammen. Er konnte das Holz riechen. War er hier mit seinem Großvater geradelt? Der Weg bog nach rechts. Hinter den auseinanderweichenden Bäumen (als hätte jemand mit einem riesigen Beil in den Wald gehackt und einen Keil herausgeschlagen) sah er eine leicht ansteigende Grasfläche. Um sie herum führte eine Auffahrt aus Kieselsteinen, die in den letzten Strahlen der tiefstehenden Sonne wie Milch aufleuchteten. Jenseits der Grasfläche stand das Haus, das er vor sehr langer Zeit gesehen und seitdem nie mehr vergessen hatte. Er bremste und stieg ab.

»Das ist es«, hatte sein Großvater gesagt.

Er hörte auf zu atmen. Die Grasfläche, die Auffahrt, die sie wie ein weißer Kreis umschloß, das Haus und dahinter die hohen Nadelbäume – er sah, was sein Großvater gemeint hatte. Es war ein Haus, das es nicht gab, das nicht gebaut zu sein schien. Es erhob sich aus dem Boden, für diese eine Nacht. Morgen, wenn die ersten Sonnenstrahlen durch den Waldrand drangen, würde es verwehen und sich auflösen. Es war ein weißer zweistöckiger Kubus mit einer überdachten Veranda, flankiert von zwei niedrigen weißen Flügeln. In den Erdgeschoßfenstern glühte sanftes gelbes Licht. Über dem Haus glitt der letzte kleine Rest Tageslicht davon.

»Dies ist die andere Welt«, sagte sein Großvater.

Er stellte sein Fahrrad an einen Baum und blieb am Waldrand stehen. Über die Grasfläche wehte eine laue Abendbrise, die Fetzen von Stimmen und entferntem Gelächter und hohes Gläsergeklirr mit sich führte. Er tastete in seiner Manteltasche und fand seine Zigaretten. Er zündete sich eine an und lehnte sich an den Baum.

Als er ein paar Minuten später die Veranda betrat, sah er, daß er einer der letzten Gäste war. Das Fest war bereits in vollem Gang. Hinter den großen Fenstern saßen Jungs auf Sessellehnen, sie unterhielten sich mit den Mädchen in diesen Sesseln. Er betrat die Diele und sah sich um. Ein alter Marmorfußboden erstreckte sich bis zu einer Treppe. Mitten in der Diele standen, nebeneinander, zwei verwitterte Chesterfieldsessel.

»Mijnheer Adenauer!«

Aus der Tür, die in den linken Flügel führte, kam Wessel van Dijck. Im rechten Arm trug er einen tropfenden Weinkühler.

»Das Genie! Der Mann, dessen Wege und Geist unergründlich und mysteriös sind.«

Seine Zunge hatte Mühe, mit seiner Stimme mitzukommen.

»Bist du voll?«

»Wie eine Strandhaubitze«, sagte Wessel.

»Ging ja schnell.«

Wessel nickte. Er zog Mendel mit zu den Chesterfields und zwang ihn, sich zu setzen. Er selbst plumpste in den anderen Sessel, stierte einen Moment lang vor sich hin und sagte dann: »Was kann man hier sonst schon tun, Mijnheer Adenauer, außer sich betrinken?«

Mendel zuckte mit den Achseln. Er suchte seine Zigaretten. Wessel stellte den Kühler auf den Fußboden, zwischen sie beide, und schlug die weiße Serviette zurück, die um den Flaschenhals drapiert war. In dem Kühler lagen, gebettet in zerstoßenes Eis, eine grüne Flasche mit hervorstehendem Korken und zwei langstielige Gläser.

»Wie oft«, sagte Wessel, »glaubst du, kommst du in so ein Haus, ein Haus wie dieses? Kein Bier. Das gibt's hier nicht. Reiner Wein wird einem hier eingeschenkt. Weinkühler, bis obenhin gefüllt mit Eis, Weinkühler mit Blanc de Blancs. Chablis. Chablis, Chablas, Chablos.«

Er sah Mendel mit breitem Lächeln an. Er hatte die Gläser auf den Boden gestellt, die Flasche in der Serviette herausgehoben und goß kleckernd ein.

»Der Abend deines Lebens, was?« sagte Mendel. Er zündete sich eine Zigarette an und lehnte sich im Schoß des Sessels zurück. Er nahm das Glas, das Wessel ihm hinhielt, und schnupperte das Aroma des grüngelben Weins. Als er den ersten kleinen Schluck über die Zunge rinnen ließ, füllte sich seine Nase mit dem Duft von Gras.

Wessel beugte sich vor. Er stützte seine Unterarme auf die Knie.

»Dies ist der letzte Abend. Von unser aller Leben. Danach: alles vorbei. Die Beerdigung unserer Jugend.«

»Mein Gott, Wessel.«

»In einer Woche fahr ich weg.«

Mendel sah ihn an.

»In einer Woche fahre ich zu meinem Onkel nach England. Um den Beruf zu erlernen.«

»Welchen Beruf?«

»*Den* Beruf. Textil.«

Mendel beugte sich zur Seite, um die Asche seiner Zigarette über dem Stehascher neben seinem Sessel abzuklopfen.

»Ist das Chablis?«

Wessel sah ihn trübe an.

»Hä?«

»Er ist viel … weicher. Das ist ein sehr milder Wein. Sehr trocken, aber ganz rund.«

Wessel schüttelte den Kopf. Er beugte sich vor und nahm die Flasche aus dem Kühler.

»Montrachet.«

Mendel nickte. Montrachet. Mochte Wessel auch denken, daß das Leben zu Ende ging, er selbst begann stark zu vermuten, daß es hier anfing.

»Und du, Mijnheer Adenauer? Was wirst du machen?«

Er zuckte mit den Achseln. Er hatte seine gesamte Schulzeit ohne einen Gedanken an die Notwendigkeit einer Berufswahl hinter sich gebracht und wußte nicht einmal jetzt, nach den Prüfungen, was er tun würde. Er hatte sich für keine Ausbildung angemeldet, es gab keinen Beruf, der ihn reizte. Er konnte sich nicht vorstellen, je etwas anderes zu tun, als das Leben zu führen, das er führte.

»Nichts.«

»Nichts?«

»Nichts.«

»Aber du mußt doch …« Wessel fuhr sich mit der Hand durchs Haar. »Du kannst doch nicht einfach …«

»Angenommen, du wirst sechzig, Wessel, und du hast vierzig Jahre lang etwas gemacht, irgendeine Arbeit, weil du nach dem Examen eben geglaubt hast, du müßtest irgendwas tun, weil alle etwas tun, weil das Leben so ist.«

»Unter dem Motto: Wie vermiest man einen fröhlichen Abend.«

Mendel lehnte sich in seinem Sessel zurück und schaute zu der großen Flügeltür, durch die er hereingekommen war. »Ich glaube, man muß das machen, was man ist«, sagte er.

»Und was *bist* du?«

Wessel sprach mit mehr als seinem üblichen Aplomb. Die Worte knallten aus seinem Mund.

»Ein Phantast bin ich, ein Erzähler.«

Wessel nickte beifällig. Mendel wußte, daß er – und andere – ihn als eine Art Dichter betrachteten, weil er einmal etwas in der Schülerzeitung veröffentlicht hatte und eine Vorliebe für Metaphern besaß.

»Und Jude.«

»Die Zeit ist vorbei, als das zählte«, sagte Wessel.

Er wandte sich zur Seite und sah seinen Freund an. »Diese Zeit ist nie vorbei.« Er streckte die Hand zum Aschenbecher aus und löschte seine Zigarette. »Der Staub, der in deinen Kleidern hängengeblieben ist, unterwegs, den deine Vorfahren mitgenommen haben, der bleibt dir.« Er sah den Jungen neben sich an.

»Es gibt keine Freiheit, Wessel. Keinen Funken, kein Fitzelchen. Es gibt nicht einmal den Gedanken an Freiheit.«

»Kein sehr moderner Gedanke, Mijnheer A. Und was ist mit: Ich wähle, also bin ich frei?«

»Wer«, sagte Mendel, »ist auf die dämliche Idee

gekommen, daß Wählen etwas mit Freiheit zu tun hat?«

Wessel rutschte verärgert auf seinem Sessel hin und her.

»Wählen gehört zur Verantwortung«, sagte Mendel.

»Menschenskind, du willst jetzt doch wohl nicht behaupten, daß wir zwar verantwortlich sind, aber nicht frei?«

Mendel nickte.

Wessel schoß vor. Wein schwappte über sein Glas und landete auf seiner langen weißen Tennishose. »Das ist nicht fair!«

»Warum sollte die Welt fair sein? Die Welt ist nichts, nicht gut, nicht schlecht, nicht schön, nicht häßlich. Die Welt ist ein Lehmklumpen, auf dem Tiere leben. Wie kannst du ein Urteil über einen Lehmkloß haben? Warum solltest du eine Erwartung in bezug auf eine Handvoll Sand hegen? Die Welt ist, wie sie ist. Sie ist sich unserer nicht bewußt. Unsere Anwesenheit, unser Dasein auf der Welt, tut nichts zur Sache.«

Wessel trocknete mit einem zerknüllten roten Taschentuch den nassen Fleck auf seinem Oberschenkel. Er schüttelte den Kopf. »Ich kann doch wohl sagen, was ich von der Welt halte, oder?«

»Das ist das gleiche, als würdest du von einem Stein sagen, er habe einen schönen Charakter.«

»Sagst *du*. Das völlige Gegenteil von allem. Was die Geschichte lehrt. Die Bibel.« Er richtete sich auf und sah Mendel triumphierend an. »Alles steht voll … Wie kannst du sonst leben? Wie kannst du die Welt sonst gerecht nennen?« Er senkte die Stimme: »Dann gibt es gar nichts mehr.«

»Aber Wessel, ich sag dir doch gerade, daß man die Welt überhaupt nicht als gerecht bezeichnen kann. Das ist … das ist, als würdest du einen Baum als gerecht bezeichnen.«

Wessel ließ sich in seinen Sessel zurückfallen, die Hand mit dem roten Taschentuch lag auf seinem Bein, als wäre sie auf einmal müde.

»Ich dachte, du bist gläubig«, sagte er.

»Aber das heißt doch nicht, daß man der Meinung ist, es spiele eine Rolle, daß die Welt gerecht ist, daß der Mensch frei ist und wählen kann, wie er leben will, daß alles irgendwann besser wird. Du hast eine simple Vorstellung von Glauben.«

Wessel hatte den Kopf an die Rückenlehne seines Sessels gelegt und die Augen geschlossen. Seine Stimme klang schleppend, als er sagte: »Nie jemanden gesehen, der an Gott glaubt … und sagt: Die Welt ist Scheiße, die Welt bleibt Scheiße.«

»Im vorigen Jahrhundert gab es einen Rabbiner in Kozk, der sich zwanzig Jahre lang einschloß. Er glaubte nicht an die Welt, er glaubte nicht einmal sonderlich an den Menschen, aber er war felsenfest davon überzeugt, wir müßten es trotzdem versuchen.«

»Versuchen? Was?«

»Gott zu helfen.«

»Ich dachte, es gibt keinen freien Willen? Wie kannst du versuchen, Gott zu helfen, wenn du das gar nicht wollen kannst?«

»Gott zu helfen«, sagte Mendel, »entspringt nicht dem freien Willen, sondern der Not.«

»Gott zu helfen ... Ich dachte: Gott ist da, um uns zu helfen. Du verdrehst alles.«

»Das genau ist die Pest beim Christentum. Die Christen denken, Gott ist für sie da. Warum sollte jemand, der göttlich ist, so etwas wie den Menschen erschaffen und dann auch noch für ihn sorgen? Aus Einsamkeit?«

»Und trotzdem bin ich frei«, sagte Wessel.

»Du kannst nicht sagen, du bist frei zu handeln, wenn du Wessel van Dijck heißt und blondes Haar hast und an diesem Ort geboren bist, auf unsere Schule gegangen bist ... Es gibt Schienen in dir, und auf diesen Schienen fährt der Zug deiner Geschichte. Du bist an der Welt festgekettet. Wenn irgend etwas an der Prometheusgeschichte taugt, dann das, daß du gebunden bist und lediglich zuschauen kannst, wie dein Herz gefressen wird.«

»Leber«, sagte Wessel.

»Von mir aus dein Bries. Du hast noch nicht mal die Freiheit, dich an einem Abend wie diesem zu betrinken.«

Wessel schoß hoch. »Sieh mich doch an!«

Mendel erhob sich. Er stand vor dem Jungen in weißer Hose und weißem Hemd, über dessen Schultern der Tennispulli lag, den er immer trug. Es war, als hockte jemand auf seinem Rücken und hielte ihn fest.

»Aber du trinkst doch nicht aus Freiheit, Wessel. Dies ist doch das Ende deiner Jugend, oder nicht?«

Er drehte sich um und ging aus der Diele zu der Tür, die in den Flügel führte, wo die Examensfete gefeiert wurde. Als er die Tür öffnete, sah er, daß er in die falsche Richtung gegangen war. Er war in einem großen gefliesten Raum gelandet. In der Mitte stand ein runder Tisch aus gelaugtem Holz, an der Wand ein Herd von der Art, wie sie in Restaurants benutzt werden. Am Tisch saß eine zarte dunkle Frau, ganz in Weiß. Neben der gläsernen Teekanne, die vor ihr schimmernd auf einem Licht stand, lag ein Tuch. Sie stand eilig auf.

»You're not supposed to come here, Sir.«

Er nickte.

»I'm sorry«, sagte er, »I must have opened the wrong door.«

Sein Blick schweifte ab, durch den Raum. Es war eine Küche von fast mythischen Ausmaßen. Alles war groß und glänzend. An dem verchromten Herd waren Messingstangen befestigt, an dem die unterschiedlichsten Löffelsorten hingen.

Die dunkle Frau stand noch immer hinter dem Tisch und sah ihn an.

»Excuse me, I can't help looking around. I'm sort of a cook myself.«

Sie lachte.

»I think you have a beautiful kitchen.«

Es war gegen Mitternacht, als die Tür aufging und ein nicht allzu großer Mann mit sorgfältig gekämmtem grauem Haar in die Küche schritt. Schritt, denn von normalem Gehen konnte keine Rede sein. Mendel, der sich ein Geschirrtuch als Schürze in den Hosenbund gesteckt hatte und gerade mit einem dampfenden Ingwerbutterkuchen zu dem runden Tisch ging, sah ihn hereinkommen und wußte ohne das leiseste Zögern, daß dies Annas Vater sein mußte. »Das war kein Mensch«, sagte er später zu Wessel, »es war ein Gefäß mit genetischem Destillat.« Der hereinschreitenden Gestalt folgte eine Dame mit violettgefärbtem Haar. Sie hatte einen Mund, ein Mündchen, das von Natur aus die Form gefältelter Mißbilligung besaß.

Der Mann schien ihn nicht zu sehen. Er wandte sich, fast durch ihn hindurch, an die Köchin: »Suzy?«

Dic Köchin schoß vor und nickte.

»Could we have some coffee, upstairs?«

Annas Vater drehte sich um, sehr flüchtig glitt sein Blick über Mendel.

»Sind Sie von Koning?«

»Pardon?«

»Restaurant Koning.«

Mendel schüttelte den Kopf. »Ich bin hier eingeladen.«

»Entschuldigen Sie.« Annas Vater streckte die Hand aus. »Van Twickel.«

»Mendel Adenauer.«

»Adenauer.«

Mendel nickte.

Der Mann ließ seine Hand los und lächelte dünn. Er blinzelte kurz und drehte sich dann um. Seine Frau blieb etwas nachdenklich stehen und folgte ihm dann.

Mendel schaute zur Seite, zur Köchin. Sie ging zum Herd und nahm einen Kessel, den sie an der Spüle zu füllen begann.

»They always act like this?«

Sie drehte den Hahn zu und ging mit dem Kessel zum Herd.

»Suzy?«

Sie zündete das Gas an und blieb vor dem Herd stehen.

»They brought me with them, from where they lived at the time. There was an uprise.«

Er setzte sich an den Tisch und sah zu, wie sie ein Tablett mit Tassen füllte, mit einer silbernen Kaffeekanne und einem Zucker- und Sahneset. Aus dem Wasserkessel kräuselte sich eine immer dicker werdende Dampfwolke, die an der Wand entlang zu den Fenstern zog. Ihm fielen Zeilen eines Gedichts von Nijhoff ein. *Worüber soll ich schreiben? Grad fängt der Kessel zu pfeifen an, einhüllend sie in eine Wolke, die aufwärts schießt zu der Glyzinie hinterm Fenster.* Sie nahm den Kessel vom Feuer, goß das Wasser in den Filter, den sie auf die Kanne gestellt hatte, und erzählte. Er starrte auf die Köchin und sah etwas, das er undeutlich wiedererkannte.

Den Rest des Abends verbrachte er auf der Treppe in der Diele. Wessel war verschwunden, als er zurückkam, doch der Kühler mit dem Montrachet stand noch immer zwischen den Sesseln. An dem Wein nippend, rauchend, der Musik lauschend, die aus dem Flügel sickerte, in dem sich die Fete abspielte, ließ er die Zeit verrinnen. Ab und an kam jemand in die Diele, sprach mit ihm, gratulierte ihm zu seinem Preis und ging wieder. Anna sah er nicht. Erst nach Mitternacht begegneten sie sich, als das Fest zu Ende war und die Besucher in kleinen Gruppen das Haus verließen. Die beiden Türen zur Veranda wurden geöffnet, süßer Waldduft trieb herein. Über den Nadelbäumen, jenseits der Grasfläche vor dem Haus, flimmerten die Sterne. Er stand auf, als Anna aus dem Seitenflügel kam und auf ihn zuging.

»Wir haben uns heute abend noch nicht gesehen«, sagte sie.

»Ich habe heute abend niemanden gesehen«, sagte er, »außer Wessel.«

»Das ist eine andere Geschichte«, sagte sie. »Geh noch nicht weg.«

Sie ging zur Veranda und stellte sich in die offene Tür. Er sah ihre Silhouette vor dem dahinterliegenden Guckkastenpanorama. Sie rief den Weggehenden etwas zu. Er stellte sich hinter sie. Hände wurden erhoben, Fahrradlampen schwenkten über den Kies und verschwanden im Wald. Die roten Rücklichter blinzelten in der dunklen Masse der Nacht.

»Draußen ist es immer noch warm«, sagte sie. Sie

trat auf die Veranda hinaus und schaute hoch. In seinen Gedanken öffnete sich etwas. Er sah sich als jemand anderen: ein junger Mann, der mit einer jungen Frau auf der weißen Veranda eines weißen Hauses unter einem riesigen orangefarbenen Mond steht. Anna zog zwei Korbstühle aus einer dunklen Ecke. Er kam näher und setzte sich.

»Wessel liegt im Gästezimmer im Bett«, sagte sie. »Suzy hat ihn oben gefunden, irgendwo auf dem Flur. Er saß auf dem Boden und heulte. Er war ziemlich betrunken.«

»Ich nehme ihn mit.«

Sie nickte. Sie blickten auf den Wald, die Grasfläche, den Himmel.

»Mendel?«

Er drehte sich um und sah sie an.

»Was hast du zu ihm gesagt?«

Er zog die Augenbrauen hoch.

»Er hat nicht nur geweint. Er sprach die ganze Zeit von ›der verdammten Welt von Mijnheer Adenauer‹.«

»... nur dieser Flügel wird benutzt.« Sie deutet auf den rechten Flügel, hinter ihm.

»Deine Eltern?«

»Die leben nicht mehr. Hab ich dir schon mal erzählt.«

Er zuckt mit den Achseln.

»Als du herkamst, kurz nach dem Examen, mitten im Winter, ohne Mantel.«

Er erinnert sich.

»Ist es dir unangenehm, wenn ich dich frage, was du machst?« sagt er.

Sie steht auf und geht zum Kamin. Dort hockt sie sich hin und beginnt, die Zeitung zu zerknüllen, die vor dem Kamin liegt.

»Was ich mache? Was kann ich schon machen? Anna van Twickel tot Dinkeloo? Sie sind die Tochter von … Niemand braucht ein Freifräulein, und wer doch eines braucht, den verdächtige ich böser Absichten.«

Er errötet.

»Vielleicht denken sie, du brauchst das Geld nicht …«

»Kann sein.«

»Anna.«

Sie wendet den Kopf und schaut über die Schulter zurück, zu ihm.

»Wenn du nichts machst, wieso dann dieses Haus?«

Sie wendet sich wieder dem Kamin zu und streut Späne über die Papierknäuel. Dann legt sie vier große Holzscheite über den Berg aus Papier.

»Vielleicht«, sagt sie, »weil ich es spannend fand, zumindest anfangs, die Frau des Hauses zu spielen.«

Sie nimmt die Schachtel, die auf den gestapelten Holzscheiten neben dem Kamin liegt, und zündet ein Streichholz an.

»Vielleicht«, sagt sie, während sie auf das tanzende Flämmchen an dem bleichen dünnen Holzstäbchen starrt, »weil ich bei Gott nicht weiß, was ich sonst tun sollte in diesem Leben, außer dieses Haus instand zu halten. Obwohl es sinnlos ist, denn ich habe keinen Erben.« Sie schlägt einen affektierten Ton an: »Das Geschlecht stirbt aus.«

Sie hält das Streichholz an das Papier. Unter den Holzscheiten wachsen Flammen. Anna steht auf. Sie schaut über ihn hinweg ins Zimmer.

»Ich habe noch nie auch nur die leiseste Idee gehabt, warum ich lebe.«

»Vorsicht, du betrittst mein Revier«, sagt er.

Sie lächelt. Sie geht zu dem Sessel neben ihm und setzt sich auf die Lehne. Sie sieht ihn lange an.

»Du weißt, warum du lebst«, sagt sie. »Wenn es jemanden gibt, dann dich.«

Im oberen Stock des linken Flügels weist sie ihm ein Zimmer zu. Die schwere, dunkle Tür schwingt auf und zeigt ein geräumiges Schlafzimmer, dessen Fußboden mit einem himmelblauen Perser bedeckt ist. Er tritt ein und sieht sich um. Rechts, mit dem Kopfende an der Wand, ein breites Bett mit einem indigofarbenen Baldachin, gehalten von schlanken Nußbaumsäulen, die in Form von Weinreben geschnitzt sind. Neben dem Bett ein kleines Wurzelholzbüfett, auf dem eine Waschschüssel und eine Wasserkanne aus Porzellan stehen.

»Das Badezimmer ist links.«

Links ist eine Tür. Er dreht sich um, nimmt flüchtig ein Wappen über dem Eingang wahr und lächelt ihr zu.

»Dies hier nannte meine Mutter das blaue Zimmer.«

»Das kann ich mir vorstellen.«

»Wenn du etwas brauchst, ich schlafe auf der anderen Seite des Flurs.«

Als er allein in seinem Zimmer ist und durch die hohen Fenster nach draußen schaut, zum Waldrand, dem Rasen und, später, dem bewölkten Himmel, kommt ihm eine Erinnerung. Er setzt sich auf das Bett und denkt an seinen Großvater, die Fahrradtour, die sie gemeinsam machten, den Bahnhof, den Friseurladen, der hoch wie ein Schwalbennest an der langen Mauer am Bahnhofsvorplatz klebte. Er erinnert sich an die Geschäfte in der mit schwarzem und weißem Marmor gefliesten Bahnhofshalle, die gewölbten gläsernen Ladenfronten, die Überfülle an Pralinen in dem Schokoladengeschäft, die affektierten pelzbehangenen Puppen hinter der Scheibe des Pelzgeschäfts, die gelben, roten und blauen Dosen und Schachteln in der Vitrine des Tabakladens, den Bahnsteigkartenschalter aus poliertem Holz. In Gedanken kann er sogar das Gleis sehen, auf dem wie große Katzen fauchende Lokomotiven an den Bahnsteigen stehen, Dampfwolken zwischen den Eisenrädern, die Abteiltüren aufgeklappt, wie eine sonnige Straße, an der die Fenster aufgestoßen sind und alles auf das Gebimmel des Eismanns wartet. Deutlicher, schärfer als dies alles sieht er jedoch den Punkt, an dem die Schienen hinter der Überführung in der Ferne verschwinden. Dort glüht das Licht der hohen, heißen Mittagssonne und flimmert die Luft, dort steht der verrostete Signalmast, mehr Loch als Eisen, eher braun als rot. Dort, versinkend im schmutzigen gelben Kies, treffen die beiden Gleise zusammen, die die Stadt mit der Welt verbinden.

Die Düfte des Friseurladens am Bahnhofsplatz tanzen um seinen Kopf. Er sieht die wartenden Männer auf der langen Treppe vor dem überfüllten Salon, in dem weiße Tücher auf den Öfen dampfen und der erfüllt ist von dem metallischen Geruch nach Seife und frischgewetzten Messern. Er riecht die Pomade und das Haarwasser wieder.

»Die Pfadfinderei? Du glaubst, die sind nett zu dir. Du hast einen Freund, und der ist nett, und jetzt glaubst du, alle werden nett zu dir sein.«

Sein Großvater steht, halb gebeugt, hinter ihm, eine Hand erhoben, und in dieser Hand, glühend im Lampenlicht, die Schere. Er schaut in den Spiegel auf den kleinen Jungen im Totenhemd, auf dem weißen Berg der zur Hälfte geschnittene Kopf. Er wendet den Blick ab, zum Fenster. In der Ferne, unter dem Geschäft, auf der anderen Seite des Platzes, gehen Leute am Restaurant Koning vorbei. Aus den Fenstern des Speisesaals strahlt bereits Licht.

»Sie werden dich verspotten, Mendel, sie werden dich triezen.«

Ihre Blicke begegnen sich. Sein Großvater schüttelt den Kopf. Die Schere geht tschk-tschk über das Haar des kleinen Jungen im Spiegel.

»Sie kommen hier freitags nachmittags her, sie fragen, wie es der Familie geht, sie sagen: ›Das Wetter schlägt um, Adenauer‹, aber wenn sie nach Hause kommen, beklagen sie sich darüber, daß Der Jude viel zu tun hat und Ketering nicht, und wenn ich Mitglied im Geschäftsinhaberklub werden will, sagen sie: ›Damit fangen wir gar nicht erst an, wir müssen unseren eigenen Mittelstand schützen.‹ Früher durften hier drei Juden wohnen, das war ein Gesetz. Und wenn sie hier wohnen wollten, durften sie keinen Beruf haben, den die Christen ausübten. Die Christen hatten alle Berufe, außer den schmutzigen. Wenn die Juden, diese drei Juden, dann Abdecker werden wollten oder Pferdeschlachter, dann gab es noch ein Gesetz: Sie durften nicht zwischen den Christen wohnen. Also zogen sie an den Stadtrand. Weil es dort Bauernhöfe gab und die drei Juden keinen Grund und Boden besitzen und keinen bäuerlichen Betrieb führen durften, mußten sie zu dem einzigen Ort, wo niemand Grund und Boden kaufen wollte, wo kein Gewächs angebaut werden konnte. Das war neben der Müllkippe. Wenn sie dann dort wohnten und in dem Gestank des Müllbergs ihren schmutzigen Beruf ausübten, waren sie Bürger der Stadt, und dann kamen sie in ebendiese Stadt und lasen auf Anschlägen am Rathaus, daß jedermann sich vor Juden und Zigeunern und ausländischen Landstreichern hüten solle oder daß in Danzig die Pest ausgebrochen sei und man sich fernhalten solle von Juden und … Ich sag dir, Mendel: Diese Leute, die hassen uns abgrundtief.«

Er fährt mit dem Pinsel über seinen Nacken und fegt die Haare weg.

»Schnitt Adenauer.«

Sein Großvater knotet das weiße Tuch auf und schüttelt es aus. Er wirft ihm das Tuch zu, nimmt den Besen und fängt an, die Haare zusammenzufegen, die sich auf dem Boden angesammelt haben. Während Mendel das Tuch zu einem Quadrat faltet, blickt er auf das Spiegelbild seines fegenden Großvaters. Dieser ist groß, mager, stark. Er hat kurzes, sprödes Haar, das bis auf ein paar vergessene schwarze Spuren völlig grau ist. Sein Gesicht ist scharf und weich zugleich: eine lange, gerade Nase, eine Art Epizentrum der Skepsis, und darum herum freundliche Lippen, große, glänzendbraune Augen. Er blickt auf sein eigenes Spiegelbild: die gleichen Augen, die gleiche Nase, Bürstenfrisur. Gleich, zu Hause, werden seine Mutter und seine Großmutter ihre Hände auf seinen Kopf legen.

Er legt die Hände neben sich und drückt sich ab. Er rutscht aus dem Stuhl, als wäre es eine Rutschbahn. Er geht zu seinem Großvater, zupft ihn am weißen Kittel.

»Soll ich fegen?«

Sein Großvater lächelt. Er gibt ihm den Besen und fährt ihm durchs Haar.

Hinten im Salon läßt er sich auf die Knie fallen. Er schaut unter die Stühle und schiebt den Besen in die Ecke. Er liebt es, zu fegen, er liebt es, abends, im halben Dämmerlicht, über den Fußboden zu schauen und in die andere Welt zu gleiten, die Welt tiefglänzenden Chroms, sanfter Lichtflecke auf dem Linoleum und Schattenecken. Wenn er fegt, verändert sich alles: Er steigt hinab in unterirdische Räume, hinter ihm bewegen sich lautlos Männer, die seinen geflüsterten Anweisungen lauschen. Er ist ein Lehnsherr, der an der Spitze eines schweigsamen Trosses schwarzgekleideter Ritter durch einen düsteren Wald reitet, ein Entdeckungsreisender in Afrika, ein Spion in einem fremden Land. Manchmal ist er alles zugleich. Die Welten lösen sich, ohne daß er es merkt, ineinander auf.

In der Ferne hört er das leise Klirren von Münzen, das Gekritzel von Bleistift auf Papier, das abwesende Gemurmel, das zum Zählen gehört. In Großmutters Geschäft, einem Großhandel in Parfümeriewaren, sind die gleichen Geräusche zu hören, aber es riecht anders. Hier hat die Luft Ecken und Kanten, und es duftet massiv nach Männern, nach Birkenwasser und moosiger Seife und Tabak. Bei seiner Großmutter ist die Luft aus Glas.

»Gott!«

Er erschrickt und dreht sich um. Im Gegenlicht der einbrechenden Dämmerung sieht er seinen Großvater, einen Monolith aus Schatten. Mendel steht hinten im Salon, den weichen Besen vor sich, die Hände darumgeklammert, als würde er gleich am Stiel hinaufklettern, eine Wolke aus schwarzen und blonden, kurzen und langen Haaren zu Füßen. Das Licht der Deckenlampe bricht sich in den Spiegeln und verbreitet einen diffusen Schleier auf dem schwarzweiß gewürfelten Fußboden, den Chromstangen an den Frisiertischen und den schwarzen Lederstühlen. Er hört plötzlich, wie still es ist, als hätte die Welt, ohne daß er es gemerkt hat, aufgehört, sich zu drehen, und als wäre alles und jeder zur Ruhe gekommen. Ganz in der Ferne summt der Ofen, und noch weiter weg, ganz weit weg, ist das Heulen eines Zuges zu hören, gedämpft vom Nebel des Herbstabends. Sein Großvater steht vor dem kleinen Schreibtisch. In der freien Hand hält er das Blatt Papier, das Mendel mitgebracht hat. Er dreht sich um.

»Hundertfünfunddreißig Gulden. Hun-dert-fünf-und-drei-ßig!«

Er zerreißt das Papier in zwei Teile und zerknüllt die Stücke mit unbeherrschten Bewegungen. Er macht ein paar halbe Schritte, als wolle er loslaufen. Dann läßt er das Knäuel zu Boden fallen. Er setzt sich kopfschüttelnd auf den Tisch. Das Knäuel prallt einmal auf und kollert in weitem Bogen davon, unter die Stühle. Mendel fragt sich, ob er weiterfegen soll und ob das Papierknäuel in das Loch für die Haare soll und was passiert, wenn die Haare abgeholt werden und ein Papierknäuel dabei ist.

»Mendel?«

Er lehnt den Besen an die Wand und geht zu seinem Großvater.

»Bring mir eine Zigarre.«

Er dreht sich um und geht zu dem Hocker, der unter dem Seifenschrank steht. Er klettert auf den

Hocker, zieht die klemmende Tür auf und schaut hinein. Zwischen den neuen Rasierpinseln, den Seifenstangen in Fettpapier und den unangebrochenen Flaschen mit Lotion und Haarwasser liegt das Etui. Er nimmt es und zieht eine schwarzbraune Zigarre heraus. Er schließt den Schrank, klettert hinunter (Sir Edmund Hillary steigt die Nordflanke hinab, sein treuer Sherpa Tensing wartet in der tiefen Spalte auf Hilfe) und geht, die große Zigarre in der linken Hand, zu Großvater. (Anschwellendes Stimmengewirr eines langsam in Erregung geratenden Stadions, flackernde Schwarzweißbilder, er schwebt, endlos verlangsamt, auf ein weißes Zielband zu. »Er schafft es, er schafft es, noch zehn Meter, noch fünf, da ist er, Mendel Adenauer, der letzte der holländischen Staffel, er …«)

»Und gib mir die Schere, bitte«, sagt sein Großvater.

Er schaut auf die Lippen seines Großvaters und zieht die Augenbrauen hoch.

»Die Schere.«

Er geht zu dem emaillierten Teewagen, auf dem die Geräte liegen, und greift zu einer langen, spitzen Schere.

Großvater nimmt die Schere und knipst die Spitze seiner Zigarre ab. Er wirft die Schere auf einen Frisiertisch, in ein Rasierbecken. Das Geräusch von Metall auf Metall schrillt durch die Stille. Während er in seiner Jacke nach Feuer sucht, schaut Mendel an ihm vorbei nach draußen. Es ist jetzt fast ganz dunkel, der Himmel ist blau, beinahe violett. Die Laternen brennen, die Straßen leeren sich. Unten auf dem Bahnhofsplatz stehen die Busse schräg wie die Gräten eines Fischs nebeneinander. Er fragt sich, warum die Fahrer die Busse nie gerade parken.

»Wir hören auf«, sagt Großvater.

Er sieht ihn an und bläst ein weißes Rauchwölkchen zwischen sie beide.

»Ich werde den Tag preisen, an dem ich keine Zigarren mehr rauchen muß, die nach Seife schmekken.«

Er legt seine linke Hand in Mendels Nacken und kneift ihn zum Scherz.

»Wir verkaufen den Laden, Mendel. Wir hören auf.«

Er zieht an seiner Zigarre und schließt die Augen.

»Ich nehme an, du willst nicht Friseur werden.«

Mendel schüttelt den Kopf.

»Aber Pfadfinder?«

»Nicht für später.«

Großvater macht ein Gesicht, als verstünde er ihn nicht.

»Nicht für ganz später«, sagt er, »aber jetzt schon.«

»Nicht für den Rest deines Lebens, aber jetzt schon, wo du noch jung bist?«

Er nickt.

Großvater nimmt die Zigarre aus dem Mund und starrt nachdenklich über ihn hinweg. Sahnige Wolken steigen auf und bedecken seinen Kopf. (Der Ewige war eine Wolkensäule, und Mosche wurde an seinem

Zelt von der Wolkensäule aufgesucht, und aus dieser sprach die Stimme des Ewigen.)

»Vielleicht ist es jetzt anders«, sagt Großvater. Er bläst etwas Rauch weg und starrt in das Dämmerlicht des zur Hälfte beleuchteten Geschäfts. »Aber du bist keiner von ihnen, auch wenn du das willst, auch wenn sie das wollen. Du bist anders. Nicht schlechter, auch nicht besser. Anders.«

Er legt die Hand auf Mendels Haar.

»Ich habe geglaubt, wir wären wie sie«, sagt er. »Und hätten nur andere Sitten. Und könnten Freunde sein. Aber sie standen an der Straße und schauten zu, als wir weggebracht wurden, sie holten uns aus dem Haus und brachten uns weg, die Leute, die jahrelang zu uns gekommen waren. Sie wollen nicht, daß wir sind wie sie.«

Er zieht an seiner Zigarre. Mendel sieht, wie die Spitze unter dem weißgrauen Aschekegel glüht.

»Aber leide nicht darunter, mach es nicht größer, als es ist.«

Er nickt.

»Mendel?«

»Ja?«

»Was willst du werden, später?«

Er sieht seinen Großvater im weißen Kittel an. Er zuckt mit den Achseln.

»Aber du mußt doch irgendwas werden. Du mußt doch Geld verdienen.«

»Ich weiß es nicht.«

»Aber was gefällt dir denn?«

Er beißt die Zähne aufeinander und denkt. Sein Unterkiefer federt unter dem Druck.

»Laß das«, sagt Großvater. »Willst du ein Rattengebiß kriegen?«

Draußen ertönt die Hupe eines Autos. Vor dem Restaurant Koning hält ein großer schwarzer Wagen. Ein Chauffeur in Uniform steigt aus. Er geht um den Wagen herum und öffnet die Tür am Bürgersteig. Eine Frau erscheint. Das Licht aus den hohen Fenstern des Restaurants vertreibt für einen Moment das Dämmerlicht auf ihrem Gesicht. Großvater folgt seinem Blick.

»Das ist das Leben«, sagt er. »Von Adel sein und reich sein und sich von einem Chauffeur zu Koning bringen lassen.«

Er schaut zu Mendel.

»Das ist die Frau von dem kleinen Schloß, wo wir voriges Jahr spazierengegangen sind.«

Einen langen Waldweg radelten sie entlang, er hinter dem hohen grauen Rücken seines Großvaters, Fragen stellend, die nichts mit dem Wald zu tun hatten. Dann waren sie abgestiegen, und Großvater hatte sein Jackett auf den Gepäckträger geklemmt, und er hatte gefragt, was Sonnenflecken seien und wo der Mensch herkomme, und Großvater hatte die Augenbrauen gerunzelt und gesagt, er solle tief einatmen, um zu riechen, wie rein die Waldluft sei. Er hatte es ihm vorgemacht. Er stand auf dem Waldweg, ein aufrechter, großer Mann in schwarzer Hose und weißem Hemd, dichte Kiefernreihen zu beiden Seiten des

Weges. Seine Brust schwoll. »Riech. Tief einatmen, das ist gesund.« Die Brust seines Großvaters war ein Tier, ein schwellender und schrumpfender Berg. Den ganzen Nachmittag lang schnupperte er wie ein junger Jagdhund, um möglichst viel gesunde Waldluft einzuatmen, und am Ende des Spaziergangs kamen sie aus dem Wald zu einer großen Grasfläche, die von einer Auffahrt aus weißem Kies umschlossen war wie von einem Gürtel. Auf der anderen Seite der Grasfläche stand das kleine Schloß, ein weißer Kubus mit hohen Fenstern, zu beiden Seiten flankiert von niedrigen Flügeln. Er konnte sich nicht vorstellen, daß es schönere Häuser gab, genauso einsam verborgen im Herzen eines großen, dunklen Waldes, genauso voller Abenteuer.

Er erinnert sich, daß er mit seiner Mutter im Wald war, als die Sonne so hoch stand, daß man hätte meinen können, die Welt liege in einer Grube voll Licht. Erst hatte er seine Arme um ihre Taille geschlungen und die Wange an den kühlen Rücken in der flatternden Bluse gedrückt, aber dann hatte sie gefragt, ob er auch »normal« sitzen könne, und er hatte die Finger in die Federn des Damensattels gehakt und sich umgeschaut, als wäre er nicht da.

Mitten im Wald stiegen sie ab, weil Ruth nicht durch den Sand fahren konnte. Sie gingen hintereinander, sie das Fahrrad schiebend, schweigsam wie immer, er neben dem Gepäckträger. In der Ferne heulte ein Automotor. Er sah auf, seine Mutter ging langsamer. Auf einer Kreuzung, etwa fünfzig Meter vor ihnen, schoß ein Volkswagen aus dem Wald. Er hoppelte durch die Kurve, ein bißchen so wie Charlie Chaplin um die Ecke bog, wenn er verfolgt wurde, eine Hand am Hut, auf einem Bein die Kurve nehmend. Der Wagen raste durch den Sand. Sie standen und schauten. Es war ein weißes Cabrio, auf allen Seiten hingen Leute heraus. Er trat einen Schritt vor und stellte sich neben seine Mutter. Er griff nach ihrer Hand. Vorwärtsgeschoben von einer Wolke aus Staub und Sand, kam das Auto auf sie zu. Aus dem Knäuel schreiender Menschen richtete sich ein junger Mann auf. Er nahm die Hände an den Mund, beugte den Kopf etwas zurück. Dann sang er, fast schreiend, so laut, daß der ganze Wald vom Schall seiner Stimme erfüllt schien: *»I love you, yeah, yeah, yeah!«*

Der Wagen raste vorbei. Sand rieselte herab, sie husteten und rieben sich die Augen. Es wurde still. Er spürte, wie warm die Hand seiner Mutter war. Er sah auf, in ihr Gesicht. Sie errötete. Sie blinzelte und hüstelte.

»Na«, sagt sein Großvater, »weißt du schon, was du später werden willst?«

Er schüttelt den Kopf und schaut auf seine Schuhe. Es liegen Härchen darauf.

»Abba?«

»Ja?«

»Warum hab ich zwei Wirbel?«

Sein Großvater zieht die Augenbrauen hoch.

»Warum du zwei Wirbel hast? Woher soll ich das

wissen? Ich schneide Haar, ich mache es nicht. Nimm deinen Mantel, dann gehen wir nach Hause.«

Kurz darauf gehen sie durch sanften Abendregen nach Hause. Am Fuß der Treppe glänzt das Kopfsteinpflaster des Bahnhofsplatzes. Sie gehen an der endlosen Mauer neben den Gleisen entlang, überqueren die Schienen am kleinen Übergang, spazieren auf der anderen Seite den gleichen Weg zurück. Dann überqueren sie den Ring. Am erleuchteten Fenster ihres Hauses steht seine Mutter.

»Darf ich dein Haar mal anfassen?« fragt sie, als sie in der Diele stehen und ihre feuchten Mäntel ausziehen. Er spürt, wie ihre Hand auf sein Borstenhaar sinkt. »Wie ein kleiner Igel«, sagt sie.

II

Es dauert einen Augenblick, bevor er weiß, wo er ist. Dann erkennt er die Erinnerungsstücke von Annas Vorfahren, die Staffage, mit der die Generationen sich gegen den Untergang des Adels behaupteten. In dem Zimmer liegt ein merkwürdiges Licht, als hätte es geschneit. Als er aufsteht und die Vorhänge beiseite schiebt, sieht er, daß es Abend wird. Es hat nicht geschneit; er hat zu lange geschlafen.

Auf dem Rand einer gußeisernen Badewanne sitzend, lauscht er dem Prasseln heißen Wassers auf Metall. Träge Dampfwolken steigen auf zu einer hohen, abblätternden Decke mit Gipstrauben und von der Zeit abgeschliffenen Weinblättern. Er nimmt seine Finger zu Hilfe, um die Tatsachen des Lebens zu rekapitulieren.

1. Dies ist Annas Haus.
2. Es hat ein Klassentreffen gegeben.
3. Es ist Sonntag, der 26. September 1982.

Während sich das Badezimmer mit Dampf füllt, drängen sich die Erinnerungen nach und nach in den Vordergrund. Ein Messer fällt klirrend in ein Rasierbecken. Schmale Finger schieben seinen Kopf nach links, nach rechts, nach oben. Scht-scht, macht das Messer auf seinen harten Wangen. Ein Mädchen nimmt einen großen braunen Schwamm, und während sie ihren linken Ärmel hochkrempelt und ihren Arm um seine Schultern legt, hilft sie ihm auf und wäscht seinen Rumpf, was davon übriggeblieben ist, ein hilfloser Strohhalm in aufwölkendem Wasserdampf. Sie drückt den Schwamm über seinem Bauch, dem Hintern, den Genitalien aus. Seine Augen gleiten über die weißglasierten Fliesen, den Marmorfußboden und, in der Mitte, auf gußeisernen Löwenpranken, die große Wanne. Das Geräusch des Messers im Becken hallt in dem hohen Raum wider.

Sie hüllt ihn in ein großes Badetuch und hilft ihm, aus dem Wasser zu steigen. Vor Müdigkeit schwankend, setzt er sich auf einen Holzhocker.

»Sie sind lange krank gewesen.«

Sie ist ein verschwommener weißer Schemen in einem zur Hälfte beschlagenen Spiegel.

»Erschöpft.«

Wiesen, erinnert er sich, Bäume, alles weiß, bereifte Reihen Niederwald zwischen den Feldern, immense Stille.

Sie hilft ihm hoch und zieht einen riesigen weißen Bademantel von dem Haken an der Tür. Während sie ihm in den Mantel hilft (im Spiegel, über den sich helle Kondenswasserstrahlen schlängeln, verwandelt er sich in einen kleinen Jungen), nennt sie ihren Namen: »Ich heiße Inge.« Sie reicht ihm den Arm und deutet nach unten, auf ein Paar Pantoffeln, die auf ihn warten.

Der Flur ist dämmrig, sanft erhellt durch Lämpchen, die schief an den roten Gobelinwänden hängen. Reise durch die Blutbahn, denkt er, als sie den Flur entlanggehen, und er sieht, wie das spärliche Licht ihre Uniform rot färbt. »Aber es geht schon wieder ganz ordentlich bergauf mit Ihnen«, sagt sie, als setze sie ein Gespräch fort. Er schlurft in seinen Pantoffeln, während er auf sie hinunterstarrt, über den dicken Teppich. »Ich wollte Sie nachher gleich in die Cafeteria bringen. Ist Ihnen das recht?« Er nickt. Eines der Lämpchen ist kaputt. Es ist so dunkel, daß er ihr Gesicht kaum erkennen kann. Nur ihr blondes Haar leuchtet für einen Moment auf. Reise durch die Unterwelt.

Der lange Marsch durch den Flur ist in seinem Zimmer zu Ende. Dort sind die langen Vorhänge zugezogen, und das Licht ist gelblich. Sie läßt ihn auf der Bettkante sitzen und öffnet den Schrank, in dem seine Kleider hängen. Sie legt eine Hose aufs Bett, ein Oberhemd, einen Pullover, ein Jackett. Er blickt auf den volumenlosen Mann, der sich auf dem Bett abzuzeichnen beginnt. »Sie müßten eigentlich etwas in Doktor Rensens Heft schreiben«, sagt sie. Sie stellt sich vor ihn und schaut ihn prüfend an. Dann dreht sie sich um, nimmt einen Kamm vom Waschbecken in der Nische neben der Tür, knipst die kleine Lampe über dem Spiegel an und kommt zu ihm zurück. Während sie ihm die Haare kämmt, sagt sie, er müßte zum Friseur.

»Geht das einigermaßen?« Sie führt ihn zum Spiegel. Er sieht einen Mann. Er blickt sie an. Ihre Augenbrauen sind erwartungsvoll hochgezogen. Er wendet sich wieder dem Spiegel zu und starrt auf das magere Gesicht, die großen braunen Augen, die da nicht hingehören, das dunkle Haar, das zurückgekämmt ist, weil es zu lang ist.

Er hat mit dem Kopf auf dem Wannenrand gelegen. Das Wasser ist lauwarm. Er schaut nach unten und sieht seine weißen Beine auf dem Wannenboden. »Sechsundzwanzigster September neunzehnhundertzweiundachtzig«, sagt er. »Dies ist Annas Haus. Klassentreffen.«

In der Küche fuhrwerkt Suzy, die Köchin, die schon bei Annas Eltern in Dienst stand, mit einem großen Holzlöffel zwischen Töpfen und Schüsseln herum. Sie steht zwischen dem Herd und dem großen runden Tisch in der Mitte der Küche. Sie erschrickt, als er ihren Namen ruft. Er ist ihr bisher dreimal begegnet, in einem Zeitraum von nicht einmal fünf Jahren, und jedesmal ist sie erschrocken.

»You're awake!«

Er nickt. Suzy mag stets von neuem vor ihm erschrecken, dafür vergißt er jedesmal, daß sie nur Englisch und ihre eigene, ausgestorbene Sprache spricht.

»You think I would sleep forever?«

Sie schüttelt den Kopf. Sie geht zu einem Schrank und nimmt einen großen weißen Becher heraus.

»But you slept for two days.«

»Two …«

»In der Küche«, sagt Anna, »wie üblich.« Sie steht in der Tür und lacht.

»Ich muß weg«, sagt er.

»Wollen wir nicht erst essen?«

Er schüttelt den Kopf.

»Wir decken gleich am Kamin. Du bekommst ein Abschiedsdiner.«

Er nimmt den Becher Kaffee entgegen, den Suzy ihm hinhält, und trinkt. »Suzy sagt, ich habe zwei Tage geschlafen.«

»Wir haben dich nicht wach gekriegt.«

»Sie werden mich suchen«, sagt er.

»Wer ist ›sie‹?«

»Die Leute.«

Anna zieht die Augenbrauen hoch und neigt den Kopf, wie eine Mutter sich an ihr Kind wendet, auf ein Geständnis wartend, aber nicht mit der Absicht, es dazu zu drängen.

»Vom Sanatorium.«

»Vom San...«

Lang, lang ist's her, in der guten, alten Zeit, als der Sommer eine der Gezeiten war, Ebbe, und sich in sich selbst zurückzog, da gab es einen kleinen Jungen, der Mendel Adenauer hieß. Mendel wie Mandel. Er saß am Fenster seines Hauses und blickte auf das Grün des Bahndamms, und abends opferte er dem Herrn der Welten, der tausend Namen hat, Wein, und er segnete alles und jeden, immer und überall, wo und wann auch immer. Amen.

Dann wurde er krank, Mendel wie Mandel, und man brachte ihn in ein großes Haus in den Wäldern, und er schwieg. Er schwieg wie der Herr der Welten persönlich. Eine endlose Zeitlang war er still. Sein Kopf war ein See, über den der Wind blies, ohne daß sich das Wasser kräuselte. Sein Körper war dünn und flüssig. Formlos und ausgedehnt war er, wie der Eine, der ewig ist, seine Namen seien gesegnet. Amen.

Die Zeit war wie Tinte in Wasser, ein ewiges Jetzt, in dem die Menschen und die Dinge ineinanderflossen wie ... wie Tinte in Wasser. Seine Großmutter und seine Mutter, die Ruth hieß und eine Schwester war, schossen wie Funken durch die Nacht, und sein Großvater kam und schnitt ihm das Haar, und ein Mädchen in Weiß rasierte seine stoppligen Wangen.

Schmale Finger. Sein Kopf von links nach rechts.

Das unendliche Blinken von Spiegeln in Spiegeln.

Der Abschied ist steif, Stille bis ins Auto, das dann auf dem Kiesweg zu der Öffnung in der Wand aus Bäumen gegenüber dem Haus fährt. Er spürt an einer Bewegung des Wagens, daß Anna etwas sagen will.

»Ich wäre gern geblieben«, sagt er.

Sie nickt auf eine Art, die erahnen läßt, daß sie das schon öfter gehört hat.

»Wirklich.«

Der Wagen biegt auf den Sandweg und schießt in den Wald.

Als sie auf die Straße kommen, kahle Äcker auf beiden Seiten, die späte Sonne wie eine Orange am Horizont, sagt sie: »Vor einem Jahr hab ich dich weggebracht, Mendel. Weil du krank warst. Vor einem Jahr …«

»… und neun Monaten und neun Tagen«, sagt er. »Zehn Tagen.«

»Und jetzt bist du immer noch dort. Was ist mit dir los? Du bist nicht krank. Du bist ein normaler Mensch wie jeder andere auch.«

Er öffnet das Handschuhfach und nimmt die Zigaretten heraus, die darin liegen. Er sieht sie fragend an. Sie nickt. Er zündet zwei Zigaretten an. Als er die zweite zwischen die eigenen Lippen steckt, riecht er den Duft seiner Jugend. Vor einem Jahr und neun Monaten und zehn Tagen habe ich meine letzte Zigarette geraucht, denkt er.

»Und?«

»Ich kann mich erinnern, daß du mich, ganz am Anfang, besucht hast«, sagt er.

Sie schüttelt den Kopf.

»Dein Hausarzt und ich haben dich hingebracht, als du krank wurdest, aber ich habe dich nie besucht. Das war dort nicht erwünscht.«

Natürlich hat sie ihn besucht, fast täglich. Sie brachte ihm Schokolade, Trauben, Zigaretten, manchmal ein Buch mit, das er schon kannte.

Es war eine langsame Zeit, eine Welt, gefüllt mit Geräuschen, ein stiller und leerer Kopf. Da waren junge Frauen in Weiß, die morgens Kaffee brachten und die hohen gelben Vorhänge an den hohen, schmalen Fenstern öffneten. Es gab die anderen »Bewohner«, wie sie genannt wurden, die meisten genauso still und in ihrer Stille bestürzt wie er, einige zwanghaft redend, mit jedem, mit allem. Inmitten dieser Stille, dieser Fragen und Anregungen (»Wie beschreiben Sie Ihre Kindheit und Jugend, Mijnheer Adenauer?« »Würden Sie bitte möglichst ruhig liegenbleiben?« »Sprechen Sie nicht mit uns, weil Sie uns nicht vertrauen?«) war er, und er saß aufrecht in seinem Bett, aufrecht auf seinem Stuhl, Kiefer zusammengepreßt, blind für das, was um ihn geschah. Seine Lippen lagen aufeinander wie damals, als er zehn war, aber ohne die Spannung von früher.

Eine große Ruhe war über ihn gekommen. Die Tage glitten mit dem ruhigen Gleichmaß einer atlantischen Flut dahin. Er trieb oben, er entkam der Tiefsee der Nacht, dümpelte im Tag herum, ohne etwas wahrzunehmen, und versank abends wieder im großen Dunkel. Er sprach nicht, er hörte nicht, er sah nicht. Da war nur ein vages Bewußtsein, eine Art weit entferntes Wissen. Sein Geist war eine Steppe, eine Ebene ohne Anfang und Ende, ohne Erkennungspunkte. Nachts träumte er von Dingen, die er nicht kannte, tagsüber dachte er an gar nichts. Manchmal zog eine Art Nebel auf, in dem er Dinge, Orte, Menschen zu sehen glaubte, aber er war sich dessen nie sicher, was er sah. Anna? Sie war in seinen Gedanken, aber er wußte nicht genau, wer sie war, warum sie ihn besuchte, was er für sie war. Sie kam in den

Salon, nahm ihm gegenüber Platz, in dem Sessel auf der anderen Seite des Feuers, und überreichte ihm etwas, einen schwarzlackierten Füller mit einer gelblichen Goldspitze, einen Schreibblock aus feinem weißem Papier mit einem losen Blatt, auf dem Linien waren, ein Buch mit bröseligen Seiten, eine Spanholzschachtel mit braunschwarzen Zigarren und einem winzigen Messer. Er liebte sie. Er liebte es, sie kennenzulernen. Er liebte ihre langsamen Gebärden, die stets wechselnde Farbe ihres Haars, die Modulationen ihrer Stimme, wenn sie ihn etwas fragte, wenn er sie enttäuschte.

Eines Tages brachte sie eine flache weiße Schachtel mit. Sie hockte sich neben den Sessel, auf dem er saß, die Schachtel auf den Knien. Sie legte den Dekkel auf den Boden und zog ein Foto hervor.

»Dies ist unsere Abiturklasse.«

Glänzendes Papier mit schwarzen und weißen Flecken. Er blickte auf ihr emporgewandtes Gesicht und lächelte. Ihre Augen glitten zum Foto. Er saß in seinem Sessel, die Arme auf den Lehnen, die Beine leicht gespreizt, und blickte durch das Fenster auf die Grasfläche.

Dies ist unsere Abiturklasse.

Was ist *Abiturklasse*?

Er kostete die Abende aus. Er saß auf einem schwarzen Holzstuhl in dem leeren Zimmer, in dem sein Bett stand, und blickte aus dem hohen Fenster auf die Grasfläche und den Wald, der dahinterlag. Er verlor jedes Gefühl für Zeit und Ort. Die Dunkelheit kam hinter den Bäumen hervor und ließ alles in einer dicken grauen Dämmerung verrinnen, die häufig von Nebel begleitet war. Er saß da und schaute, als sähe er etwas, das er nicht aus dem Auge verlieren durfte. Manchmal saß er nicht am Fenster. Dann schob er den Holzstuhl zu dem kleinen Tisch, der gegenüber seinem Bett stand, und breitete die Dinge aus, die ihm gehörten. Auf der lädierten hölzernen Tischplatte legte er sie nebeneinander hin: den schwarzlackierten Füller, eine fingerdicke Zigarre und daneben das kleine Messer, den Schreibblock mit dem weichen Papier, einen Schlüsselbund, den er nicht wiedererkannte, das Foto, das Anna ihm gezeigt hatte. Er ordnete seine Besitztümer, nahm sie auf und betastete sie, hielt sie ins Licht und drehte sie herum. Er sah zu, wie das Licht seiner Schreibtischlampe über den Füller glitt, ein gelber spitzer Fleck, er roch das schwere Aroma der Zigarre, die zwischen Daumen und Zeigefinger leise knisterte, er befühlte die lockere Haut des Deckblatts.

»Du hast mir einen Füller geschenkt und Bücher und einen Schreibblock und …«

»Ich hab dir gar nichts geschenkt. Du verwechselst mich mit jemand anders.«

»Und ein Foto von unserer Abiturklasse.«

Sie wendet ihm den Kopf mit einem Ruck zu. »Mendel«, sagt sie, lauter als sonst. »Ich erzähle dir eine ganze Geschichte, und du gehst nicht mal darauf ein. Du sprichst von ganz anderen Dingen. Wach auf, Mendel, werd lebendig. Hör mir zu!«

»Na?« sagt seine Großmutter.

»Ich weiß es nicht.«

Sie schüttelt den Kopf. Orangefarbene Abendsonne fällt in den schmalen Raum zwischen den Lagerregalen und scheint auf ihr schwarzgraues Haar. Er sieht die Lichttupfer darin hin und her huschen. Wenn er ihr morgens Kaffee bringt, bleibt er immer kurz da und schaut zu, wie sie Toilette macht, wie die linke Hand das Haar hochschiebt und die rechte Hand einen Platz für die Haarnadeln sucht, die aus ihrem Mund ragen. Sie gleicht einer großen schwarzen Katze, die ein Tier gefangen hat. Meist scheint die Sonne tief herein, gelbe Quadrate rutschen über die Tapete, und es riecht nach Großvaters herbem blauem After-shave und ihrem pudrigen Parfüm.

Von ganz weit weg ist die Stimme seiner Mutter zu hören, aus der Küche, und der Duft von Kaffee steigt herauf, und hinter dem Schlafzimmerfenster bewegen sich die Äste des Birnbaums auf dem Innenhof sanft hin und her, und die Sonne scheint auf das Bett.

»Du wirst doch wohl wissen, ob du heuer versetzt wirst?«

Meist ist sie erst zur Hälfte angezogen, wenn er hereinkommt, Schritt für Schritt, ihren Kaffee in einer großen Tasse balancierend. Einmal, als sie im Unterkleid dastand und sich den Hals puderte, fragte er, was das für eine Einkerbung über dem Kleid sei.

»Das sind Brüste. Du hast das bei Ruth doch schon mal gesehen, oder?«

Er konnte sich nicht erinnern.

»Da trinken Kinder Milch draus.«

»Hab ich daraus Milch getrunken?«

»Bei Ruth.«

Er hatte gedacht, es hätte etwas mit dem Krieg zu tun.

Sie ließ ihr Unterkleid fallen, bis die Träger an ihren Armen hingen, und entblößte ihre Brüste. Zwei weiche Kugeln mit rosa Warzen.

»Ich bin alt.«

Sie zog ihr Unterkleid herauf und fuhr fort, sich zu pudern.

Er schaut sich im Lager um und buchstabiert die Wörter auf den Kartons. Die meisten stammen aus einer anderen Sprache. *Eau de toilette. Atomiseur pour le sac. Poudre. Lotion. Démaquillage.*

»Mendel, halt mal die Schachtel, bitte.«

Er nimmt die Schachtel entgegen, die sie aus dem Regal zieht. Sie fährt mit dem Finger über die Liste, die sie in der linken Hand hält, und sucht weiter. Den Kopf in den Nacken gelegt, inspiziert sie die Borde. Von Zeit zu Zeit holt sie den Bleistift hervor, den sie hinter dem Ohr trägt, und macht einen Strich auf der Liste. Er geht hinter ihr her, an dem Regal entlang, auf der Rückseite herum, dann am nächsten Regal entlang.

»Letztes Jahr warst du der Beste der Klasse«, sagt sie, während sie auf die Kartons starrt.

Er antwortet nicht.

»Ich hab gesagt: Letztes Jahr warst du der Beste.«

»Da wußte ich aber auch nicht, ob ich versetzt werde.«

Sie greift nach einer kleinen Leiter, die hinter ihr steht, stellt sie an ein Regal und klettert hoch. Das schwarze Kleid, auf dem hier und da ein weißes Gänseblümchen liegt, schwingt um ihre Beine. Sie schaut hinunter. Das Haar, das sie morgens mit all den Nadeln zu einem Knoten zusammenfaßt, hat sich gelöst. Im Nacken bauscht es sich genauso wie bei Ruth, auf der Stirn tanzen Locken, die sie von Zeit zu Zeit wegbläst.

»Du weißt heute vieles nicht«, sagt sie. »Wo bist du mit deinen Gedanken?«

Sie kommt die Leiter hinunter, ohne etwas aus dem Regal genommen zu haben. Sie setzt sich auf eine Stufe und winkt ihm. Er tritt einen Schritt näher.

»Du mußt ein bißchen aufpassen.«

Er nickt.

»Nicht nicken, bevor du weißt, was ich sagen werde.«

Sie streicht sich über die Stirn.

»Du bist viel zu verträumt. Träumen ist nicht schlimm, aber du mußt aufpassen, sonst bekommst du nichts von dem mit, was auf der Welt passiert.«

»Aber ...«

»Du bist wie einer, der mit geschlossenen Augen über die Straße geht. Dann kommst du unter ein

Auto, oder du stolperst, oder du stößt mit jemand zusammen.«

Ihr Gesicht befindet sich auf gleicher Höhe wie seines. Es ist sanft, rund und nachsichtig, wie nur die Gesichter Erwachsener es sind. Ihre dunklen Augen glänzen, ihre große gerade Nase verschattet einen Teil der Wange. Sie ist schön. Die Leute sehen ihr nach, wenn sie gemeinsam vom Geschäft nach Hause gehen.

»Ich paß schon auf.«

»Auf der Straße, ja, aber nicht im Leben. Du tust, als wärst du allein auf der Welt, so läufst du herum.«

Er schaut hoch zu der Birne, die an der Holzdecke des Lagers hängt. Der Kohlefaden flackert.

»Mendel?«

»Die Lampe ist kaputt.«

»Ich spreche mit dir. Sieh mich an, wenn ich mit dir spreche.«

Er macht eine ernste Miene.

»Ich möchte, daß du die Augen aufmachst und dir die Welt sehr genau anschaust, alles und alle, und ich möchte, daß du aufpaßt und wach bist, ich möchte, daß du weißt, was mit dir passiert, so daß du eine Antwort geben kannst, wenn ich dich frage, ob du versetzt wirst, und daß du weißt, wer bei dir in der Klasse ist. Du hast mir noch nie erzählt, wer bei dir in der Klasse ist. Du weißt es nicht mal. Ich möchte, daß du mitteilsam bist.«

Sie sieht ihn eindringlich an.

»Weißt du, was das ist? Mitteilsam?«

Sie spricht das Wort in einzelnen Silben aus.

Er nickt.

»Du brauchst nicht alles zu sagen, was du denkst, aber es ist nicht so, daß wir, wenn du dir was denkst, alle wissen, was mit dir los ist.«

Wessel sitzt neben ihm. Sonst ... Er kann ihre Gesichter zwar sehen, wenigstens ein paar, aber es ist, als wären sie ein Stück weit von ihm entfernt und zwischen ihnen wäre Nebel.

»Wirst du das versuchen, worum ich dich bitte?«

Er nickt.

»Und bring mal jemand mit nach Hause.«

Er zuckt mit den Achseln.

Seine Großmutter, die sich halb aufgerichtet hat, sinkt auf die Leiterstufe zurück.

»Warum nicht?«

»Weiß ich nicht.«

Sie schüttelt den Kopf.

»Ich hab keine Lust zu spielen.«

»Es ist gut, daß du allein sein kannst, aber es ist nicht gut, immer allein zu sein«, sagt sie. »Bring diese Schachtel ins Geschäft, und wenn du das getan hast, dann geh zum Bahnhof und gib Großvater dieses Papier.«

Er hebt die Schachtel hoch und geht aus dem Lager. Als er das Geschäft betritt, sieht er sich um. Sie sitzt noch immer auf der Leiter, die Beine unter dem schwarzen Kleid hochgezogen, den Kopf leicht gehoben, als dächte sie nach, als wäre sie ein Mädchen, müde vom Spielen.

»Mendel?«

Annas Hände umklammern das Lenkrad, ihre Augen sind schwarz.

Er lächelt wie ein Teich.

III

»Mijnheer Adenauer? Mijnheer Adenauer.« Der Pförtner hat den Kopf durch die aufgeschobene Schalterscheibe gestreckt. »Doktor Rensen möchte Sie sprechen. Man hat Sie vermißt.«

»Ich bin wieder da«, sagt er.

Der Pförtner zieht die Augenbrauen hoch.

Er geht durch die Eingangshalle und biegt in den Gang, an dem die Büros liegen. Er klopft an eine Tür mit mattsilbernem Namensschild.

»Herein.«

Ein weißgestrichenes kleines Zimmer mit leeren Wänden.

»Mijnheer Adenauer.«

Der Psychiater macht eine reverenzartige Gebärde mit der rechten Hand in Richtung des Stuhls, der vor dem Schreibtisch steht.

»Sie wollen uns verlassen?« sagt er.

Mendel nickt. Der Mann ihm gegenüber lehnt sich zurück. Er schaut über seine kleine Stahlbrille. Seine Hände liegen auf dem Schreibtisch. Er will die ganze Welt festhalten, denkt Mendel.

»Woher auf einmal dieser Drang wegzugehen?«

»Ich bin immer ein Reisender gewesen«, sagt er.

»Im Geist, Mijnheer Adenauer, im Geist.« Er setzt

sich gerade hin, ohne die Hände zu bewegen. Er legt den Kopf in den Nacken und schaut über Mendel hinweg in die Ferne. Auf Dinge, die hinter mir sind, denkt Mendel, die Dinge, die die anderen sehen.

»Mijnheer Adenauer?«

Er sieht den Mann an und lächelt. »Das Problem ist«, sagt er, »daß ich nicht an Psychiatrie glaube.«

»Das ist keine Frage des Glaubens, Mijnheer Adenauer. Es ist eine Wissenschaft.«

»Sie sagen, daß die Tiefen des Geistes durch Träume zu Ihnen sprechen.«

»Na ja, das ist ein bißchen ...«

»Ich habe mich immer gefragt, worin sich diese Argumentation von der Bedeutung unterscheidet, die die Sumerer den Träumen beimaßen.«

»Die was?«

»Die Sumerer. Die Sumerer glaubten, daß Nanna und Utu durch Träume zu ihnen sprechen.«

»Aber das ist prähistorisch!«

»Nicht prähistorisch. Die Sumerer haben die Schrift erfunden.«

»Sie wollen sagen, daß Sie einer derart primitiven Erklärung mehr Wert beimessen als einer ausgereiften Wissenschaft, die ...«

»Wieviel primitiver«, sagt Mendel, »ist diese Erklärung als die Ihrige? Wenn Sie ein Sumerer wären, wären Sie Priester oder Schreiber gewesen, ein Traumdeuter. Was halten Sie von Freud?«

»Freud war der Begründer unserer ...«

»Das Problem mit Freud ist, daß er sich mit den

Träumen von Menschen befaßt hat, nicht mit den Menschen, die träumen.«

»Darf ich fragen, worin der Unterschied besteht?«

»Freuds Ansichten und meine verhalten sich zueinander wie Newton zu Einstein.«

»Mijnheer Adenauer, noch ein paar von solchen Bemerkungen, und ich glaube langsam, daß Sie an Megalomanie leiden.«

»Träume sind von elektrischen Stürmen in unserer Großhirnrinde erzeugte Bildreihen. Wer sie zu deuten versucht, will die Zukunft aus den Eingeweiden eines Hundes lesen. Es geht nicht um den Traum, sondern um die Bedeutung, die der Träumende seinen Träumen beimißt, um seine Assoziationen zu dem Traum. Der Traum selbst ist völlig unwichtig.«

Der Psychiater schüttelt den Kopf: »In dem Jahr, seit Sie hier sind, haben Sie eine ... ich will mal sagen: Bewegung ... haben Sie eine einzige Bewegung gemacht.«

Mendel lächelt.

»Eine geschmeidige, fließende Bewegung, eine Bewegung wie die eines Uhrpendels: vor und wieder zurück. Ich glaube, ich übertreibe nicht, wenn ich sage, daß Ihre Entwicklung noch am ehesten einer Springprozession gleicht. Wissen Sie, was eine Springprozession ist?«

Mendel nickt.

»Zwei Schritte vor, einer zurück«, sagt der Mann. Er hebt die Hände vom Schreibtisch und nimmt seine Brille ab. Er reibt sich die Augen. »Es ist die umständlichste Fortbewegungsart, die man kennt. Es ist eine büßende Art, sich zu bewegen.«

Er blickt auf, als wüßte er plötzlich, wo der Schlüssel liegt, den er schon so lange sucht.

»Würden Sie sagen, Sie tun Buße?«

Mendel schüttelt den Kopf.

»Nein?«

»Ich bin kein Christ«, sagt Mendel.

»Nein, nein.« Der Mann setzt die Brille auf und übt einen kleinen Pianolauf mit seiner rechten Hand. »Könnten Sie sagen, daß das Ihr Problem ist?«

»Das Christentum«, sagt Mendel, »ist ein Problem, aber nicht meins.«

Gerunzelte Augenbrauen. »Darf ich wissen, inwieweit das Christentum dann ein Problem ist?«

»Es ist ein Lehnglaube, eine auf religiöser Kolonisierung basierende Kultur. Haben Sie sich je gefragt, wie es für einen Juden sein muß, Christen von ›unseren Erzvätern‹, ›dem heiligen Jakob‹, ›unserem Herrgott‹ sprechen zu hören? Es ist das gleiche, als würde es eines Abends klingeln. Du öffnest die Tür, und da stehen vier, fünf Leute deines Alters. Du hast sie noch nie gesehen. Sie kommen herein, einer rempelt dich sogar an und entschuldigt sich nicht mal. Du rennst hinter ihnen her und siehst sie ins Wohnzimmer gehen und deine eigenen, sich sträubenden Eltern küssen. Sie nehmen Platz und behandeln dein Haus wie ihres, deine Eltern wie ihre biologischen

Eltern, dein Leben und deine Geschichte wie ihr eigenes unveräußerliches Leben und ihre eigene unveräußerliche Geschichte.«

»Mijnheer Adenauer.«

»Es ist noch schlimmer. Wenn du sie dann eben so mit deinen Eltern spielen läßt, denn sie sind offenbar nicht ganz dicht, dann sagen sie irgendwann, daß du aus dem Haus mußt, kein Kind deiner Eltern mehr sein kannst, denn sie haben einen neuen Bund mit deinen Eltern geschlossen. Das ist das Christentum, so ist es zu seinem Glaubensgut gekommen, und so behandelt es die ursprünglichen Besitzer dieses Glaubens.«

»Sie wollen doch wohl nicht behaupten, daß ein Glaube das persönliche Eigentum …«

»Sie sagen, daß ein Glaube das nicht sein kann, daß jeder den Glauben eines anderen zu seinem eigenen machen kann, verändern und verformen darf, sogar so, daß er sich gegen die ursprünglichen, sagen wir mal, ›Erfinder‹ dieses Glaubens wendet. Lassen Sie uns das mal annehmen. Lassen Sie uns annehmen, das sei so, und es ist passiert, und die Juden haben das alles zugelassen, warum sollte für die ursprünglichen ›Erfinder‹ dann nicht exakt das gleiche Recht gelten? Warum müssen sie sich Jahrhundert um Jahrhundert der grundsätzlichen Kritik an ihrem eigenen entführten, deformierten Glauben enthalten? Warum werden sie, die soviel mehr über den Ursprung und die Tiefe dieses Glaubens wissen, warum werden sie nicht gehört, wenn sie auf Inkongruenzen, Fehler, Risse, Brüche in diesem Bastardglauben hinweisen?«

»Sie sind beleidigend, Mijnheer Adenauer.«

»Warum hört man ihnen, wenn man sie überhaupt beachtet, immer noch mit dieser unverkennbar christlichen Arroganz zu, die nur davon ausgeht, daß die Juden Christus nicht anerkennen und daher leider, leider alle sterben müssen?«

»Es gibt nicht nur jüdisches Leid auf der Welt.«

»Ja, das stimmt, ich bin der erste, der das anerkennt. Welchen Glauben haben Sie?«

»Ich … Ich bin nicht gläubig, meine Eltern waren katholisch.«

»Ah. Ihr zündet Kerzen für die Toten an, nicht wahr?«

»Ich sagte doch schon, ich bin …«

»Wenn wir für jeden Toten, der durch eure Hand gestorben ist, auch nur eine Kerze anzünden würden, dann würde die Welt in Licht baden.«

»Mein Gott. Mijnheer Adenauer.«

»Ihr habt uns beraubt, ermordet, verstümmelt, das Leben unerträglich gemacht, und jetzt kommt ihr uns mit der Idee, unser Problem könnte darin bestehen, daß wir Juden sind. Und wenn wir dann den Kopf schütteln und sagen: Nein, vielen Dank, wir halten es nicht für nötig, mit Ihnen zu sprechen, nein, es ist nicht unser Problem, daß wir Juden sind, sondern Ihr Problem, daß Sie Diebe sind, Christen, und, nein, wir wollen lieber nicht mehr darüber sprechen, denn das gibt nur Probleme, schließlich ist es noch nicht so lange her, daß wir ›spontan‹ mit euch über die Gültigkeit eures ›Erlösers‹, eures Lehnglaubens diskutieren mußten, und das ist nie gut ausgegangen. Das sagen wir, klug geworden nach all den Jahren, und jetzt seid ihr böse und enttäuscht. Da seid ihr einmal nett zu diesen lebenden theologischen Fossilien, und die wissen es nicht zu schätzen. Was für ein verworrenes Leben ist das?«

Der Mann greift zu einem Bleistift und notiert etwas.

»Ich sprach von dieser einen Bewegung, die Sie gemacht haben.«

Mendel nickt.

»Glauben Sie selbst, es sei gut, wenn Sie uns verlassen?«

Mendel zuckt mit den Achseln.

»Sie passen noch lange nicht in die Welt.«

»Ist das nötig?«

»Um zu überleben ...«

»Ich muß, um zu überleben, um dies hier zu verlassen, in die Welt passen? Ich muß zu einer Art Einklang mit der Welt kommen?«

»Jeder muß in Einklang mit der Welt kommen«, sagt der Mann. Er lehnt sich zurück und zieht eine triumphierende Miene. »Die meisten Menschen werden sogar so geboren.«

Mendel schüttelt den Kopf.

»Sie sind nicht meiner Meinung?«

»Wer in Einklang mit der Welt geboren wird, ist tot.«

»Verstehe ich Sie richtig, daß Sie das Konzept der Welt, der Schöpfung, bestreiten?«

»Ihr Konzept der Schöpfung«, sagt Mendel. »Meins hat damit keine Ähnlichkeit.« Er steht auf, schiebt seinen Stuhl an den Schreibtisch und geht zur Tür. Die Klinke in der Hand, dreht er sich ein Stück weit um. Seine Augen gleiten über die Bücherschränke an der Wand hinter dem Mann.

»Und wie sieht Ihres denn aus? Daß der Mensch als Fremdling geboren wird und auch so lebt, so stirbt? Ist das Ihre Methode, durchs Leben zu kommen?«

Mendel schüttelt den Kopf. »Der Unterschied ist«, sagt er, »daß ich keine Methode suche, um durchs Leben zu kommen, sondern um das Leben besser zu machen.«

»Das erreichen Sie nicht, indem Sie in einem Haus wie diesem wohnen.«

»Ich habe auch nicht gesagt, daß ich gut darin bin.«

Der Psychiater seufzt. Er legt seinen Bleistift hin und sieht ihn lange an. Dann sagt er: »Was bezwekken Sie eigentlich mit Ihren Ansichten? Sie wollen ein Fremdling auf dieser Welt sein, Sie wollen unbedingt jede Greuelgeschichte vom Krieg, von Hungersnöten, Katastrophen, Armut und was weiß ich noch alles lesen, Sie liegen halbe Nächte wach wegen eines mißhandelten Kindes in Brasilien. Worauf wollen Sie hinaus? Wozu führt die ganze Grübelei, was nützt Ihnen das?«

»Sie kümmern sich nicht um das Leid der Welt?«

»O doch, o doch. Aber ich kenne meine Grenzen, wie die meisten anderen. Ich weiß, wo meine Macht, Dinge zu ändern, versagt.«

»Es ist so«, sagt Mendel. »Jeder Mensch hat die Pflicht, unter jedem Unrecht, so unbedeutend es auch sein mag, zu leiden. Man muß allen Schmerz der Welt spüren, alle Armut, alles Leid, alles Unglück. Nur so wird die Welt besser.«

»Schauen Sie mal, Mijnheer Adenauer, wenn wir alle den ganzen Tag dasitzen und leiden würden, weil die Welt so leidet, dann brächten wir gar nichts zustande.«

»Hängt davon ab, was Sie zustande bringen wollen: eine bessere Welt oder elektrische Zitronenpressen.«

»Sie glauben so ungefähr, Sie sind der Messias, nicht wahr?« In seiner Stimme klingt verhaltene Wut mit.

Mendel lächelt.

»Mijnheer Adenauer«, sagt der Psychiater. »Sie sind vor anderthalb Jahren zu uns gekommen als einer, der keine Beziehung mehr zur Welt hatte. Sie sprachen nicht mehr. Sie wußten nicht einmal mehr, daß es noch eine Welt gibt.«

»Eine kleine Grippe«, sagt er.

»Sie haben geschwiegen und geschwiegen, und erst seit einigen Monaten sprechen Sie wieder. Das ist doch nicht der richtige Augenblick, die Behandlung abzubrechen, oder? Wir haben gerade erst den ersten Erfolg zu verzeichnen.«

»Wir?«

Der Mann schließt die Augen. »Ich weiß nicht, ob ich das bewundern oder mißbilligen soll, dieses Talent, andere Leute mit Antworten von weniger als drei Silben verrückt zu machen.«

Er legt die Hände auf den Schreibtisch und spreizt die Finger. Er blickt auf seine Hände. Dann hebt er den Kopf und sieht Mendel mit einem Blick an, in dem Mitleid zu erkennen ist. »Tun Sie's nicht«, sagt er. »Haben Sie Geduld. Der Schritt aus der völligen Stille in die Welt außerhalb dieses Gebäudes ist gewaltig.«

»Ich habe diesen Schritt schon mal gemacht«, sagt Mendel.

»Schon mal?«

»Früher«, sagt er, »als ich krank war, als ich zehn Jahre alt war.«

Der Mann dreht sich um und zieht eine Hängemappe aus einer Schublade. Er blättert in den Papieren, die darin liegen.

»Warum haben Sie das nie erzählt?« sagt er, als er wieder aufblickt.

»Ich hatte es vergessen.«

»Aber ist Ihnen nicht klar, was das bedeutet? Es kann sein, daß Ihr Schweigen eine ganz normale physiologische Ursache hat. Wann war das?«

Er sieht den Mann hinter dem Schreibtisch an.

»Mendel? Mendel!«

Er öffnet die Augen. Das Gesicht seiner Mutter ist ganz nah.

»Hast du Schmerzen? Kannst du deine Arme bewegen?«

Er kann alles bewegen.

»Wie ist das passiert?« fragt sein Großvater, der sich über ihn beugt wie ein Riese.

»Ich kam nicht an die Spitze ran.«

»Was?«

»Ich kam nicht an die Spitze ran, und dann bin ich abgerutscht.«

In der Diele, träge tanzend auf dem kalten Marmor, hinter der Wohnzimmertür, lauschend.

»... Träumer«, sagt sein Großvater.

»Aber wenn er auch in der Schule träumt und auf der Straße, überall, dann ... Er ist allein, Wolf«, sagt seine Großmutter.

»Aber er hat doch nicht gesagt, daß er sitzenbleibt«, sagt seine Mutter.

»Er bleibt auch nicht sitzen, darum geht es nicht. Er ist geistesabwesend, er ist ständig woanders mit seinen Gedanken, er lebt in einer anderen Welt.«

»Aber was willst du dagegen tun?« fragt seine Mutter.

»Er müßte in einen Verein.«

Sein Großvater murmelt etwas.

»Die Pfadfinderei?« sagt seine Großmutter.

»Das hat er gesagt.«

»Wann?«

»Voriges Jahr, vor anderthalb Jahren, so um den Dreh.«

»Aber warum hast du es ihm nicht erlaubt?«

»Ich *habe* es ihm erlaubt, aber er hat nie wieder davon gesprochen.«

»Wolf«, sagt seine Großmutter, »der Junge ist zehn, wenn ein Kind in diesem Alter um etwas bittet, und du sagst ja, dann darfst du nicht damit rechnen, daß er daraufhin selbst bei den Pfadfindern anruft und einen Probebesuch vereinbart. Soll ich dir sagen, was mit dem Jungen los ist?«

»Lieber nicht«, sagt sein Großvater.

»Der Junge krankt an demselben Übel wie du: Ihr glaubt, es reicht, wenn ihr etwas denkt, ihr glaubt, die Welt wird euch dann schon verstehen, ihr erzählt nichts.«

Sein Großvater sagt etwas, was er nicht versteht. Es ist, als legte jemand eine Hand auf sein Ohr, ganz kurz, und nähme sie dann wieder weg. Laute kommen und gehen.

Er dreht sich um und geht nach oben. Im Treppenauge winkt er dem Mann, der weit unter ihm am Seil hängt, festgeklebt an der steilen Bergwand. Langsam, tastend, steigt er weiter. Er greift nach der vorragenden Spitze, die ihn auf das Plateau bringen soll. Seine linke Hand streckt sich, der Arm wird länger, der Körper zeigt zum Felsen. Eine Blase der Lautlosigkeit steigt in seinem Kopf auf. Die Bergwand bröckelt. Er verliert den Halt und rutscht langsam mit dem Bauch am Stein entlang. Er hält den Kopf schräg und schaut zu der Spitze, die immer unerreichbarer wird.

»Welche Spitze?« fragt seine Mutter.

Sein Großvater hebt ihn auf und trägt ihn in sein Zimmer. Als er im Bett liegt, im schmerzhaften Schein der Lampe neben ihm, sagt sein Großvater: »Willst du noch immer zu den Pfadfindern?«

Er nickt. Es ist, als befände sich ein Gewicht in seinem Kopf. Für einen Moment wird wieder alles still.

»Schlaf jetzt.«

Etwas später kommt seine Mutter noch einmal zu ihm. Sie beugt sich über ihn und legt ihm die Hand auf die Stirn. Er versucht zu schlucken. Sein Mund schmeckt metallisch, seine Kehle ist so trocken, daß er das Gefühl hat, sein Adamsapfel klebe am Zäpfchen. Seine Mutter beugt sich zur Seite und greift nach einem Glas Wasser. Während er trinkt – das Wasser schmeckt süß, als wäre er durch eine Wüste gegangen und hätte seit Wochen nichts getrunken –, blickt sie ihn düster an.

»Was war das jetzt, diese Spitze?« sagt sie, als er ihr das Glas zurückgibt.

»Ich weiß nicht mehr.«

»Du bist ganz heiß«, sagt sie. Er spürt ihre kühle Hand auf seiner Stirn. »Hast du Schmerzen?«

Er sieht Haare, die sich um ihr müdes Gesicht bauschen, die Linie ihres Halses, der im offenen Kragen des Nachthemds verschwindet, und das kleine Dreieck glatter, gewölbter Haut über ihren Brüsten. Sie schüttelt den Kopf, küßt ihn aufs Haar und deckt ihn zu. Er will etwas sagen, aber aus seiner Kehle kommt nur Luft. Sein Kopf ist groß. Während er ins

Nichts schnappt in dem Versuch, etwas zu sagen, fühlt er, wie sein Körper dünn und durchsichtig wird. Er schluckt. Sein rechtes Ohr dröhnt. Seine Mutter beginnt, langsam zu verschwimmen. Sie erhebt sich und wogt zur Tür. Er muß sich sehr anstrengen, um ihr folgen zu können. Ganz langsam bewegt sie sich durch die Nacht. Er kneift die Augen halb zu und streckt den Hals. Sie ist ganz weit weg, nicht mehr als ein Schatten zwischen den anderen Schatten der Nacht, ein Klecks Tinte in Wasser.

Als Doktor Vanderbergh kommt, der Freund seines Großvaters und Vorsitzender der jüdischen Gemeinde, liegt er noch immer so im Bett wie in dem Moment, als seine Mutter aus dem Zimmer rannte: auf dem Rücken, Arme schlaff neben dem Körper, Augen weit offen, wie erstaunt, lächelnd wie ein weiser alter Mann, der das Leben endlich hinnimmt. Er treibt im Dunklen dahin, im See der Nacht. Er hat jedes Gefühl für Zeit und Ort verloren. Es gibt kein Oben und kein Unten. Er ist wie ein Stein, der in die Höhe geworfen wurde und sich jetzt an dem Punkt befindet, wo das Steigen aufhört und das Fallen noch nicht begonnen hat.

»Mendel?«

Irgendwo, weit weg im Dunkeln, eine Stimme.

»Manchmal bist du allein, Mendel, so weit weg und so allein, daß du dir nicht einmal vorstellen kannst, wie es war, nicht allein zu sein. Du liegst im Dunkeln und wartest, und du machst Winkel an die Nacht, rechte Winkel, damit die Nacht vertrauter wird. Es ist so dunkel, daß du die Nacht spüren kannst, wenn du atmest.

Manchmal«, sagt die Stimme, »wirst du wach, und dann scheint es, als würdest du zum erstenmal wach, in einem bekannten Zimmer. Draußen weht der Wind durch den Birnbaum, am Fenster flattert ein gelber Vorhang. Das Bett ist so groß wie ein Strand.«

Als Vanderbergh weg ist und er starrend in seinem Bett liegt, ohne Kissen, wie der Arzt gesagt hat, schaut er zur Seite. Er sieht die glänzenden Augen seiner Mutter, die neben ihm liegt, den Kopf nahe bei seinem. Er lächelt sie an. Sie zwinkert. Er kann sie riechen. Er riecht den Duft schwerer Blumen auf ihrem Körper, er riecht ihren Atem, das schwarze Haar, das offen ist und neben ihm auf dem Bettlaken liegt.

»O Mendel«, sagt sie.

»Ich habe gefragt, wann das war«, sagt der Mann hinter dem Schreibtisch.

»Als ich zehn war, so ungefähr. Ich kann mich nicht richtig erinnern.«

Der Mann legt den Kopf etwas schräg und sieht ihn mißtrauisch an. »Kommen Sie morgen vormittag um elf Uhr wieder zu mir«, sagt er. »Bitte.«

Er ist schon halb auf dem Gang, als er zurückgerufen wird. Er steckt den Kopf ins Zimmer.

»Ich vergaß zu fragen, wo Sie die ganze Zeit stekken. Man hat Sie vermißt, heute und gestern.«

»Ich war spazieren.«

»Einfach so? Spazieren?«

»Ich dachte, die Anstalt liegt aus diesem Grund im Wald.«

»Erholungsheim, Mijnheer Adenauer, Sanatorium.«

Als er zur Eingangshalle zurückgeht, auf dem Weg zu seinem Zimmer, beginnt ihn die Erinnerung zu durchfluten. Die Treppe, die Kletterpartie, sein dröhnendes Ohr, die lange, lange Stille.

IV

»Anna«, schreibt er, »hier schneit es nicht. Nur Regen, endloser Regen. Die Wälder rund um dieses Haus sind schwarz von Wasser. Von meinem Fenster sehe ich über die Wipfel gebeugter Kiefern, trauernder Tannen.

Gestern wurde ein ertrunkener Mann hereingetragen. Man legte ihn auf den Boden und wich zurück. Ich stand auf der Treppe. Durch die offenstehenden Verandatüren kam das Licht eines verregneten Nachmittags. Der Fußboden glänzte, die Kleider des Ertrunkenen klebten ihm am Körper. Ich fühlte, wie mir ein Gedicht durch den Kopf ging. Es kam hoch wie kochende Milch. Ich habe es nicht notiert. Ich hörte zu, wie es verschwand.

Ich stelle mir abends vor, wie du bist, dort. Ich sitze an den schmalen, hohen Fenstern meines dunklen Zimmers und schaue durch die halbgeöffneten Vorhänge hinaus, über die Wälder, die nachts so schwarz sind, daß man erst nach sehr langem Spähen etwas sieht auf dem Berg (wie sie den Hügel hier nennen), und ich sehe dich gehen, innehalten, in die Ferne schauen, als hörtest du ein bekanntes Geräusch. Das Sonnenlicht kommt von weit her, ganz flach, es bereichert sich am trockenen, staubigen Boden und reist und reist, und nach einer sehr langen Zeit kommt es zu dir, es fließt um dein Gesicht, und dein Gesicht wird warm und sanft: Die Linie deiner Wange verschwimmt in diesem alten Licht.

Ich bin jetzt dreiundzwanzig Jahre alt. Die Moleküle, aus denen mein Gehirn bestand, als ich geboren wurde, sind schon lange durch andere Moleküle ersetzt. Trotzdem denke ich an Ereignisse, die vor zehn, fünfzehn Jahren eintraten. Woraus besteht der Mensch?

Ich bestehe aus Erinnerung.

Ich erinnere mich an das Licht im Zimmer meiner Großeltern, an einem Morgen im Jahr 1960. Es ist zu Beginn des Sommers. Das Fenster steht offen, und in einer sanften Brise bauscht sich der gelbe Vorhang nach innen. Es ist, als stieße die Sonne ihn herein. Die Stimmen meiner Großeltern und meiner Mutter wehen aus dem Küchenfenster über den kleinen Innenhof zu mir. Ich liege im großen Bett meiner Großeltern.

Ich erinnere mich, daß ich, als ich noch klein war, immer meinen Pullover herunterzog, bis weit über meine Oberschenkel. Ich hatte Angst, keine Hose anzuhaben. Manchmal schaute ich nach unten, um es zu überprüfen. Und auch wenn ich eine Hose sah, zog ich meinen Pullover herunter. Die Hose konnte Einbildung sein.

Einmal verirrte ich mich. Ich kam aus der Schule, ich hatte ein Diktat in der Hand. Ein starker Wind wehte, das Papier wurde gegen meinen Pullover gedrückt. Ich ließ es los und ging die Straße hinunter, nach hinten gebeugt, damit das Papier an meiner Brust blieb. Ich bin ziemlich weit gegangen, durch alle möglichen Straßen, Straßen, die ich nicht kannte, ein kleiner Junge mit einem Blatt Papier auf der Brust, auf dem stand: ›Der Baum wird feenhaft beleuchtet, und die Straßen sind über und über geflaggt.‹

Ohne Erinnerung gibt es keinen Geist. Es gibt keine Seele ohne Erinnerung.

Ein Mensch ist in der Lage zu leben, wenn er sich von *a* nach *b* bewegen kann. Wo es keine Erinnerungen gibt, fehlt *a*. Der Mensch befindet sich dann nicht mehr in einer Geschichte, seiner Geschichte, sondern an einem Punkt in der Zeit. Ohne Erinnerung keine Zukunft, denn *b* gibt es nur, wenn *a* ihm voranging.

Es gibt Menschen, die durch Krankheit oder ein Unglück unter einem so umfassenden Gedächtnisverlust leiden (diese Menschen sind hier), daß sie keine Vergangenheit mehr haben. Das einzige, woran sie sich aus ihrem gelebten Leben erinnern, sind Menschen, mit denen tiefe Gefühle verbunden sind, ihr Mann oder ihre Frau. Hier gibt es einen Mann, der seine Frau liebt. Jedesmal, wenn sie ihn besuchen kommt, steht er auf, brüsk, überrascht, sprachlos. Er sagt in einem Atemzug: ›Wer bist du?‹ und: ›Ich liebe dich.‹

Warum, wenn ein Mensch sich an nichts erinnert, nicht einmal daran, was er vor einer Minute gegessen hat, warum verschwindet dieses starke Gefühl von Liebe zu dieser einen Person nicht? Ist Liebe so mächtig, so tiefgreifend, daß sie sich in unser Gehirn gräbt? Warum hat nur Liebe diese Wirkung?

Erinnern ist meine Spezialität. Zeit ist in mir wie der Stoff, der immer flüssig ist, bis eine geringfügige Verschmutzung eintritt. Dann, auf einen Schlag, verwandelt sich die Flüssigkeit in einen Kristall. Ich kann hier sitzen und aus dem Fenster schauen, und das Geräusch eines Vogels, das Licht, das auf eine bestimmte Weise hereinfällt, oder eine Stimmlage ist genug, um dieses Jahr zu 1967 zu machen. Das geschieht ohne meinen Willen. Merkwürdig für einen, der, als er hierherkam, völlig ohne Erinnerungen war. Als wollte sich mein Geist für diese kurze Zeit der Verlassenheit revanchieren.

Ich habe gehört, wenn ein bestimmter Teil des Gehirns (der Temporallappen) elektrisch stimuliert wird, haben manche Menschen das Gefühl, an zwei Orten zugleich zu sein: Erinnerung und Jetzt fallen dann zu einem einzigen Empfindungsmoment zusammen. So kann jemand mit geöffnetem Schädel auf dem Operationstisch liegen und gleichzeitig das Gefühl haben, im Bett seiner Großeltern zu liegen, an einem frühen Sommermorgen. Er hört die Geräusche von damals, sieht die Bilder von damals, riecht die Gerüche, die dazugehören.

Dies ist der Himmel: ewige Stimulierung des linken Temporallappens (denn auf der linken Seite werden die angenehmen Erinnerungen festgehalten).

Ich wollte, du kämst mich besuchen.«

V

Der Gang ist eine Röhre, die auf eine weit entfernte Lampe gerichtet ist. Behutsam wie ein Kind geht er über einen schweren Perserläufer zu dem gelben Lichtfleck in der Ferne. Das Dunkel ist wie Wasser, er watet durch ein ertrunkenes Haus.

Unten bricht er mit dem Brieföffner aus der Eingangshalle das kleine Büro des Pförtners auf. Die ganze Nacht besteht aus Knacken, die Halle ist erfüllt vom Prasseln splitternden Holzes. Er hat keine Angst, entdeckt zu werden. In einem alten Gebäude knackt so viel.

Der Schlüsselschrank steht offen. Er nimmt eine Streichholzschachtel vom Schreibtisch des Pförtners und betrachtet beim flackernden Licht eines Zündholzes die handgeschriebenen Etiketten unter den Schlüsseln. *Lab. Versamml. Mort.* Der Schlüssel, den er sucht, hängt in der untersten Reihe.

Im Büro schließt er die Tür hinter sich und knipst die Schreibtischlampe an. Als er am Schreibtisch sitzt, zieht er Schubladen auf und läßt seine Finger über die Reiter der Hängemappen wandern. Die Mappe, die seinen Namen als Titel trägt, ist ungefähr zwei Zentimeter dick. Er legt sie auf den Schreibtisch.

Aus der Ferne kommen Stimmen, unterdrücktes

Lachen. Er knipst die Lampe aus und lauscht aufrecht sitzend. Schritte kommen näher. Er kann nicht hören, ob das Geräusch aus dem zweiten Stock kommt oder aus dem Gang. Es dauert ein paar Minuten, bis es ganz still ist und er sich traut, die Lampe wieder anzuknipsen.

Aufnahme: 20/12/80, steht auf dem ersten Formular. Dahinter hat jemand geschrieben: *keine Fam*. In einer anderen Handschrift fährt die Liste mit seinen persönlichen Daten fort, Geburtsdatum, Geburtsort, Name des Hausarztes. Er blättert weiter und stößt auf gekritzelte Bleistifteintragungen, die er kaum entziffern kann. Was er sucht, den Beweis für seine Überzeugung, daß Anna ihn hier kurz nach seiner Einlieferung besucht hat, findet er nicht.

Wieder im Pförtnerbüro, hängt er den Schlüssel an seinen Platz zurück. Dann nimmt er das große Bakelittelefon vom Schreibtisch und setzt sich auf den Fußboden, mit gerecktem Hals durch die Glasscheibe in der Tür spähend.

Das Telefon klingelt zweimal. Er hört das Klicken, das ganz aus der Ferne zu ihm kommt, durch einen dünnen Draht, durch die Nacht, durch Wälder, vorbei an Feldern, von Mast zu Mast, bis hierher, in die Dunkelheit des Waldes, dieses Gebäudes.

»Ja?«

Er hätte nicht gedacht, daß der Klang ihrer Stimme ihn so bewegen würde.

Er sieht das Auto schon von weitem. Die Armaturenbrettbeleuchtung glüht sanft und zeichnet eine samtige Silhouette hinter der Windschutzscheibe. Er blickt noch einmal zurück, das Gebäude ist schon nicht mehr zu sehen, und geht dann schnell auf den Wagen zu. Die linke Tür öffnet sich. Sie steigt aus.

»Hallo, Anna«, sagt er.

»Hallo, Mendel.«

»Wie geht es dir?«

Sie schüttelt den Kopf. »Komm«, sagt sie. »Wir müssen los.«

Es ist, als bewegte sich die Nacht, und der Wagen stünde still. Er sitzt neben ihr, in einer Mischung aus hereinströmender Nachtluft und Zigarettenrauch, und starrt auf die bebenden Lichtkegel auf der Straße vor ihnen. Bäume treten ins Licht und rennen an ihnen vorbei.

»Warum wolltest du weg?«

Er löst sich aus seinem Starren und wendet den Kopf zur Seite. Er zuckt mit den Achseln.

»Sprich, Mendel. Fang wieder an zu sprechen. Sag was zu mir.«

Er öffnet den Mund und beißt träge ins Dunkel. Sie schüttelt den Kopf.

»Was soll ich nur tun, Mendel. Was ist los? Warum läßt du mich mitten in der Nacht herkommen? Sie halten dich doch nicht fest, verdammt noch mal.«

Sein Kopf wendet sich zurück und sinkt von selbst auf die Brust. Kälte wogt unter seinem Jackett. Er spürt, wie sein Körper zuckt.

»Huh …«, sagt er. Es klingt wie ein Hilferuf, obwohl er das nicht vorhatte. Das einzige, was er sagen will, ist: Ich weiß es nicht, ich weiß nichts, ich verstehe nichts.

Das Auto fährt an den Rand und bremst. Unter einer Eiche mit niedriger Krone bleiben sie stehen. Er sieht aufleuchtendes Blattwerk neben dem Fenster. Anna knipst die Lampe über dem Rückspiegel an und wendet sich zu ihm. Er spürt das Gewicht ihrer Augen.

»Mendel?«

Er nickt.

»Sieh mich an, Mendel.«

Er atmet tief. Er richtet sich auf, fährt sich mit der Hand übers Gesicht und wendet sich ihr zu.

Im sanften Licht der Innenbeleuchtung sieht er die zarte Küstenlinie ihres Gesichts, ein paar lange schwarze Haare haben sich gelöst und schweben neben ihren Schläfen. Im Schatten ihres Unterkiefers schwingt ihr Hals abwärts.

»Mendel?«

Er schaut ihr in die Augen und lächelt.

»Es wird Zeit, daß du aufhörst zu strahlen«, sagt sie. »Es gibt überhaupt keinen Grund, immerzu jeden anzulächeln.«

Seine Augen sind Löcher, durch die die Welt in seinen Kopf hereinstrudelt. Die ganze Zeit ohne sie, in diesem anachronistischen Haus in den Wäldern, und die Zeit davor, sein ganzes Leben lang ist er ein Trichter gewesen, die Verbindung zwischen dem einen Gefäß und dem anderen, eine Mittelsperson, jemand ohne Herz, der sah und hörte und roch, allerdings seelenlos, an nichts beteiligt, kalt. »Ich komme einmal, nur einmal, ich kann nicht mit leeren Händen weg«, sagte der Fürst des Todes. Liebt er sie? Hat er sie geliebt? Oder wollte er sie lieben und hat sich dem Schönsten und Kostbarsten zugewandt, das er finden konnte, etwas, das so unerreichbar und so undenkbar ist, daß er keine Angst zu haben brauchte, sein Verlangen würde gestillt? »Nimm mein Herz. Ich tausche mein Herz.« Er kann sie nicht lieben, und wenn er es doch tut ... es ist, als wäre ein Loch in ihm, in seiner Brust, eine sich zusammenziehende Leere, die seine Brust mit Kälte füllt ... wenn er es doch tut, ist es nicht richtig, nicht echt, nicht so, wie es sein müßte.

Das Uhrwerk in seinem Kopf läuft ab. Er spürt, daß sein ganzer Körper arbeitet, sucht. Ein Ausweg, ein Pfad, ein Versteck. »Nimm mein Herz.«

»Mendel?«

Der Fetzen eines Traums gleitet aus seinen Augenwinkeln. Er schüttelt die Erinnerung aus dem Kopf, so wie ein Hund sein Fell trocknet. Auf einmal denkt er an seine Mutter. Sie hatte ein Herz, denkt er. Und: Abba hatte ein Herz; und Imma. Und dann: Wenn ich Anna sagen würde, daß ich sie liebe, verliere ich sie. Das Wort »verliere« wird zu einem Echo, es sinkt aus seinem Kopf in die Kehle. Zu viele Menschen sind fortgegangen, denkt er, ich kann auf Anna nicht verzichten.

»Es wird Zeit, daß du zum Leben erwachst«, sagt Anna. »Mendel. Mendel?«

»Entschuldige.«

Sie dreht den Zündschlüssel um und schaut durch die beschlagene Windschutzscheibe nach draußen. Er spürt, wie das Auto unter ihm dröhnt.

Als sie auf die Straße biegen, sagt sie: »Du kannst so lange bei mir wohnen, wie du willst, unter einer Bedingung.« Sie wendet ihm den Kopf kurz zu. Er spürt das volle Gewicht ihrer Worte. »Lebe.«

Er nickt.

»Ich meine es ernst, Mendel. *Contra mundum* ist okay, aber leb. Zuschauen ist nicht genug.«

Er denkt an den Marsch, den er vor vier Tagen an einem diesigen Nachmittag unternommen hat, den Spaziergang nach unten, zum Klassentreffen, wo sie sich wiedersahen. Über das Grasfeld, am Waldrand entlang, zur Straße, die am Fuße des Hügels entlangläuft, auf dem das Sanatorium erbaut wurde, dieselbe Strecke, die sie jetzt fahren. Ein langer Schlängelpfad, der Hügel heißt nicht umsonst »Der Winterberg«. Ein schöner Tag. Spätsommer und Frühherbst, beide zögernd. Die Sonne tief und rot, fast unsichtbarer dünner Nebel verschleiert das Licht. Er geht den Berg hinunter auf einem Weg aus rotbraunem Sand, zwischen stillen Kulissen aus Nadelholz. Manchmal macht der Weg eine Biegung, und dann sieht er den Wald hinter der Kurve zurückweichen. An einer solchen Stelle kann er die Flanke des Bergs sehen, einen träg abfallenden Hang aus Grünkohl. Das sind die

Momente, an denen er, wenn er kein Ziel hätte, den Weg am liebsten verlassen würde, um durch den Wald vom Hügel hinunterzusteigen.

Während er durch den wogenden Wald wandert, Kiefern weichen allmählich Laubbäumen, Eichen und Buchen, geht ihm der Name der Schule und der Name der Frau, die ihm die Einladung geschickt hat, durch den Kopf. Montessori. Anna. Anna Montessori. Er fragt sich, wo Gedächtnisverlust endet und Vergeßlichkeit beginnt. Er sieht ein Klassenzimmer, zwanzig, dreißig Tische in Reih und Glied, die Stühle mit den Sitzflächen auf den Tischen. Er hört Kinderstimmen, auf deutsch: »Hol Sie der Teufel, hol Sie der Teufel. In den Höhen, in den Höhen.«

Ein Lastwagen, der einen glänzenden Milchtank aus Stahl trägt, hält am Straßenrand, als er die Hand hebt. Die Tür schwingt auf, ein Fahrer mit fettiger Kordmütze winkt. Wo er hin will. In die Stadt. Was für ein Wetter. Kann man wohl sagen. Er sitzt in dem nach Pfeifentabak und Diesel riechenden Fahrerhaus, etwas hingelümmelt, und schaut auf die gewölbten Fluren entlang der Straße. Hier und da sind die Felder durch Niederwaldreihen getrennt, manchmal ist ein Acker so hoch, daß er nicht sehen kann, was dahinter liegt. Das Land ist eine Decke aus verschiedenfarbigen Stücken, quadratischen, rechteckigen, trapezförmigen, schwarz, wo es gepflügt ist, grau, wo das Land gewalzt ist, von der Farbe alter Bronze, wo noch Stoppeln auf den Feldern stehen, Gras in allen möglichen Grüntönen. Auf einem Feld steht eine

Stute mit einem kräftigen Fohlen, manchmal traben schwere Kühe in ausfransenden Herden an einem Zaun entlang. Bauernhöfe liegen breit hingebettet am Ende der Fluren, diffuses Licht auf ihren mit einem Kreuz oder einem Runenbrett geschmückten Dächern. Hier und da kreisen Krähen über einem dampfenden Misthaufen.

In der Stadt ist es warm. Die Luft riecht nach Bussen und Asphalt. Er steht auf dem Platz vor der großen Kirche, mitten in der Stadt. Er winkt dem blitzenden Tankwagen, der zwischen den Häusern am Ende des Platzes verschwindet.

Vor der Schule wird er in dem Menschenstrom mitgeschwemmt, der durch die Türen ins Gebäude gesogen wird. Er kommt in einen großen Saal, in dem er ganz hinten steht und einer Rede lauscht, die er nicht hört. Danach wird er von der Menge hinausgeschoben, an einem kalten Büfett vorbei, das sich über so viele Tische erstreckt, daß er nach einer anstrengenden halben Stunde einen Plastikteller mit einem trockenen Stück Stangenbrot, ein abgebrochenes Plastikmesser und einen Löffel voll undefinierbarem Salat ergattert hat. Er stellt den Teller, wie er ist, auf eine Fensterbank und geht durch die Schule, stets von neuem weitergeschoben von Menschengruppen, die offenbar wissen, wohin sie wollen. Seine Augen wandern durch Gänge, Räume, Treppenhäuser und Säle, aber er sieht keine bekannten Gesichter. Sehr lange hört er einem Mann zu, der nicht nur seinen Namen nennt, sondern auch Beruf, Familienstand,

Zukunftspläne. Er hört einem beschwipsten Mädchen mit lila Haar zu, die sagt, sie müsse sich übergeben, und fragt, ob er sie zu den Toiletten bringt, aber er weiß nicht, wo die sind, und sie vergißt ihre Übelkeit und erzählt unzusammenhängend von ihren schrecklichen Erlebnissen in dieser Schule.

»Und du?«

»Keine Ahnung.«

Sie sieht ihn mit zusammengekniffenen Augen an.

»Ich weiß nicht einmal, ob ich beim richtigen Treffen bin.«

In dem Moment weiß er es wirklich nicht mehr. Schließlich erkennt nicht nur er keinen Menschen, auch ihn hat niemand erkannt.

Das lila Mädchen findet ihn drollig. Er sei kein »langweiliger Trottel, der nur von Frau und Kindern und Karriere erzählt, *obwohl* du ein Jackett trägst«.

»Das tu ich, weil ich keine Handtaschen mag.«

Sie lacht sehr laut.

Eine neue Bewegung in der Masse macht ihrem Gespräch ein Ende. Er hört das Mädchen noch rufen, über den Köpfen der Leute sieht er eine Hand mit vielen dünnen Ringen winken, aber er ist nicht imstande, sich gegen den Strom zu bewegen. Während er weitergeschoben wird, hört er, wie sich jemand geräuschvoll übergibt.

Im obersten Stockwerk des Gebäudes setzt er sich auf eine Granitstufe und lehnt sich an die Wand. Das vage Gemurmel von Stimmen, vielen Stimmen und schlurfenden Füßen, steigt aus dem Treppenhaus herauf. Von Zeit zu Zeit löst sich ein Satz aus dem Rauschen, um hier oben als klares Flüstern hängenzubleiben. »… verloren und gefunden … schon mal gesehen … geht es Ihnen … keinen Menschen hier …« Er fühlt sich wie Dante, ein Mann, der hinaufsteigt, wo er hinuntersteigt.

Am Fuß des Bergs lenkt Anna den Wagen auf die Straße. Im orangefarbenen Licht der vorbeiziehenden Natriumlampen sind sie farblose Seelen in einem farblosen kleinen Schiff. Den ganzen Weg bis nach Hause schweigen sie.

Drei

I

»Ein jiddisches Märchen. Es heißt, wenn alle Juden zweimal Schabbes gefeiert haben, dann kommt der Messias. Eines Tages war es soweit. Schloime Kreisky war der letzte gewesen. Man hatte ihn fast dazu zwingen müssen, doch zu guter Letzt hatte auch er in das Licht der Schabbeskerzen geblickt, *broche* gesagt über Brot und Wein und bis Sonnenuntergang, als drei Sterne deutlich am purpurnen Himmel zu erkennen waren, den heiligen Schabbat gefeiert. Zu guter Letzt hatte auch er Gott gegeben, was Er verlangte. Dann kam der Messias.«

Anna sieht ihn kopfschüttelnd an.

Manchmal ist sie tagelang weg. Dann sitzt er in seinem Zimmer, dem blauen Zimmer, leer wie eine Flasche, und starrt auf den Wald hinter dem Haus und spürt nichts, hört nichts, sieht nichts. Wenn er allein ist, fällt er in sein ursprüngliches Leben zurück. Er ist ein Toter, ohne sie.

Es ist ein Doppelleben, von dem sie nichts weiß. Er täuscht eine Existenz vor, gefüllt mit Büchern und Notizen, halben und ganzen mit Bleistift geschriebenen Gedichten, auf die er blickt, als wären sie von jemand anders geschrieben. Manchmal, wenn er weiß, daß sie zu Hause ist, läßt er die Spitze eines Bleistifts über die sinnlosen Zeilen wandern, die er zu einem anderen Zeitpunkt, als sie zu Hause war, geschrieben hat, und dreht einen Satz um, verschiebt ein Wort. Es ist eine Tätigkeit, die ihm mehr Freude schenkt als das Schreiben selbst. Ich bin kein Dichter, denkt er, ich bin ein Korrektor.

Es ist nicht schwer, Anna von seinem neuen Leben zu überzeugen. Sie will ihn so gern als jemanden mit Möglichkeiten und Zukunft sehen, daß sogar eine schlechte Tarnung ausreichen würde. Doch seine Tarnung ist nicht schlecht, im Gegenteil, er gibt sich sehr viel Mühe damit, so viel, daß er manchmal selbst an sein Dasein als Mensch mit einem Herzen glaubt. Bis sie wieder geht, für eine Woche oder ein paar Tage, und er spürt, wie das Leben aus ihm fließt. Er fühlt sich wie ein Vampir.

Es sind gute Tage, wenn sie zu Hause ist. Morgens frühstücken sie, auf seine Bitte hin, an dem großen Tisch in der Küche, mit Suzy, und er erzählt seine Unsinnsgeschichten. Anna liebt das. Manchmal erzählt er immer noch, wenn sie schon an der Tür steht oder schon halb im Auto sitzt. Wie heute. Sie hat ihren Abschied angekündigt, und er hat so getan, als hörte er es nicht. Sie sitzt im Mantel da, trinkt Kaffee und raucht. Suzy räumt den Frühstückstisch ab.

»Mendel, ich muß weg.«

»Er kam mit Hörnerschall und Fanfarenstößen.«

»Jesus.«

»Ein anderer.«

Anna schüttelt den Kopf: »Ich meine: Jesus, muß das jetzt sein? Ich gehe.«

»Es muß sein.«

Sie steht auf, lachend, trinkt den letzten Schluck Kaffee aus ihrer Tasse.

»Ich muß jetzt wirklich los.«

»Aber der Messias kommt noch.«

»Frag ihn, ob er zum Essen bleibt«, sagt sie. Sie drückt ihre halbgerauchte Zigarette aus. Ein geknickter Stummel bleibt liegen, ein flammendroter Filter mit ein paar bronzefarbenen Tabakfasern. Sie nimmt ihre Unterarmtasche vom Tisch und knöpft sich den Mantel zu.

»Ich komm noch zu spät«, sagt sie.

Mendel lächelt. Sie geht zu ihm und küßt ihn aufs Haar.

»Also bis Freitag«, sagt sie.

»Es sei denn, der Messias ist gekommen«, sagt er.

Sie seufzt.

»Tschüs, Anna.«

Sie geht kopfschüttelnd zur Tür und verschwindet. Er hört ihre Absätze auf dem Marmorfußboden in der Diele, als er sich an Suzy wendet und seine Geschichte weitererzählt. Er mag keine offenen Enden.

»Es war ein kleiner Junge, Suzy, zehn Jahre alt, und er trug eine kurze Hose und einen blauen Wollpullover, den er weit über seine Hose gezogen hatte, so daß es aussah, als liefe er in einem Kleid herum. Er trug Van-Bommel-Schuhe und adrette blaue Socken, und er hatte zwei Wirbel. Er ging ganz allein durch die Stadt, mit den Armen schlenkernd, ab und an am Saum seines Pullovers ziehend, und er sah sich die Schaufenster der Geschäfte an. Da gab es einen Bäkker, der große, glänzendbraune Brotzöpfe in Schilfkörben aufgeschichtet hatte. Da gab es einen Gemüsemann, der gerade die ersten Mandarinen bekommen hatte und jetzt dabei war, einen schönen Turm aus den Früchten zu bauen. Und da gab es ein Hutgeschäft mit einem Schaufenster voller Schirmmützen, Melonen, Pillboxes, Borsalinos, Snowy Rivers und wie all diese verschiedenen Hüte auch heißen mochten. Der Messias sah es und lachte. Er hatte das Gefühl, als sei er im Paradies.«

Er nimmt den Becher mit frischem Kaffee, den Suzy ihm hinstellt, und schließt die Augen, während er weitererzählt. Der Staub von Annas hastigem Abschied rieselt herab, das Leben legt sich zur Ruhe.

»Da begannen die Leute heranzudrängen, denn sie sahen, daß es der Messias war. Sie waren nicht nett zu ihm. Sie warfen ihm vor, die Welt sei schlecht. ›Was kann ich besser machen‹, sagte der Messias. ›So wie es ist, so wie ihr es gemacht habt, so wolltet ihr es haben, und so lasse ich es.‹ Aber die Leute drängten heran und riefen: ›Das Paradies‹ und: ›Wie ist es mit dem ewigen Leben?‹ Und es erhoben sich sogar Stimmen ganz hinten aus der großen Gruppe, die sich um ihn versammelt hatte, die sagten: ›Einen weißgekleideten verführerischen Engel für jeden Mann.‹ Eine andere Stimme rief: ›Für jeden

Mann zwei!‹ Der Messias schüttelte den Kopf und sagte: ›Aber es macht überhaupt keinen Spaß, ewig zu leben.‹ Da riefen Leute, er habe leicht reden. ›Das Paradies‹, sagte er – er mußte ein bißchen schreien, um sich verständlich zu machen –, ›ist ein abstrakter Begriff.‹ Jemand rief: ›Es steht schwarz auf weiß geschrieben!‹ Der Messias setzte sich auf den Boden, zog sich den großen blauen Pullover über die Knie und schüttelte traurig den Kopf.«

»The strangest stories you tell«, sagt Suzy, die ihre Schürze losgebunden hat und jetzt mit gefalteten Armen wartend vor ihm steht. »Where I lived we had people like you, who told the history of our kind, they remembered everything, even time before creation.«

»So do I, Suzy.«

Sie schüttelt den Kopf.

»Sure I do. I'll tell you, someday.« Davon, wie Gott eines Tages in der Küche saß, auf einem umgedrehten Zinkeimer auf dem Bretterfußboden, und sein Geist auf der Granitspüle und der schwarzgestrichene runde Tisch in der Mitte der Küche und …

»I was planning to pick mushrooms«, sagt sie.

Er steht auf und schaut sie fragend an, als sei er sich nicht sicher, ob er mitdarf.

Eine halbe Stunde später gehen sie durch den großen Wald hinter dem Haus. Der Morgennebel hat sich verzogen, doch die dicke, halbvermoderte Schicht aus Nadeln und Blättern, über die sie gehen, ist noch naß. Große Farne hängen schwer und müde zu Boden. Hier und da liegen die zerkauten Schuppen eines Kiefernzapfens. An einer anderen Stelle ist der Boden rund um eine Buche übersät mit Buchekkern.

Es ist still im Wald. Sogar ihre Schritte, gedämpft im feuchten Humus, sind kaum zu hören. Die Köchin blickt spähend zu Boden. Irgendwo, auf einer kleinen freien Fläche zwischen ein paar Eichen, finden sie einen Hexenring. Er geht um die unordentlich verstreuten Pilze herum, die Hände in den Taschen seines viel zu großen Jacketts, Schal locker umgelegt, und denkt an Ruth, seinen Großvater, seine Großmutter, das Schlachtfeld der Adenauers. Das unbestimmte Gefühl kommt in ihm auf, daß seine Familie es irgendwie nicht geschafft hat. Seine Großeltern und seine Mutter hatten den Krieg überlebt und sogar die paar Jahre danach, aber sie hatten es nicht geschafft, am Leben zu bleiben. Hier, zwischen den Eichen und Buchen, sieht er in der Geschichte seiner Familie auf einmal eine größere Geschichte. Die Sache ist die, denkt er, daß wir Juden geblieben sind, in erster Linie Juden, dann erst Menschen. Der Bahnhof, dieser Nabel im Dasein der Adenauers, drängt sich ihm auf. Der Bahnhof war das Zentrum der Stadt und das Zentrum seines Lebens. Wohin er auch ging, immer kam er am Bahnhof vorbei. Sein Großvater hatte dort den Salon gehabt, er war als Kind dort umhergestreift, das einzige Kind, das ohne Bahnsteigkarte zu den Gleisen durfte, und vom Haus aus hatte er freie Sicht auf den Bahndamm, über den die beiden Gleise liefen.

Er sieht ihn vor sich, faul an der Wand der Grube, in der man ihn erbaut hat, eine überdimensionale Torte auf einem Teller aus Stein, errichtet aus Bentheimer Sandstein wie die meisten Gebäude der Stadt, mit einem Dach, das aus zwei Bögen verrußtem Glas bestand, und einem Eingang, der fast gänzlich Treppe war, so breit wie der Platz, fünfundzwanzig majestätische Stufen hoch. Oben an der Treppe zwei Reihen von je drei Säulen, die den beeindruckten Reisenden zu den kupferbeschlagenen Türen der Halle führten, und unten der leicht abfallende Platz mit den Bussen und Taxis. Rechts die hohe graue Mauer mit dem Friseursalon seines Großvaters, links die Stationstraat, die um das Zentrum herumführte. In ihr hatten sich die Geschäfte etabliert, die sich im Schatten des Pseudo-Wiener Schicks des Bahnhofs wohl fühlten. Das große Restaurant Koning lag da, die Anwaltskanzlei des Bruders des Bürgermeisters, das Gebäude der Vereinigten Textilfabrikanten und die Hauptniederlassung der Bank für E. und umliegende Ortschaften, genannt BEO, eine Abkürzung, die ausdrücken sollte, daß die Bank vor allem den Textilfabrikanten nach dem Mund rede.

Hinter den Gleisen, die auf einem hohen Damm durch die Stadt liefen, lag der Stationsingel, die Ringstraße, in der die Industriellen wohnten, bevor sie die Palastsucht bekamen und sich Landsitze im Neostil des neunzehnten Jahrhunderts erbauen ließen. Am Ring hatten sie hohe Häuser bewohnt, große, düstere Kästen von vier, fünf Stockwerken. Nachdem sie die Stadt verlassen hatten, wurde ihr Platz vom Mittelstand eingenommen, so wie sie selbst den Platz des Landadels eingenommen hatten. Um die Zeit, als sein Großvater das Haus am Stationsingel kaufte, waren die Fabrikanten schon etwa fünfzig Jahre dabei, auf dem flachen Land rund um die Stadt das Geld ihrer Väter zu verjubeln. In ihrem Haus hatte nach dem ursprünglichen Eigentümer noch ein Schiffahrtskapitän gewohnt. Als dieser 1938 ertrank, gelangte es in die Hände des Bahnhofsfriseurs. Daß er in diesem riesigen herrschaftlichen Haus am Stationsingel wohnte, war für ihn der Beweis, daß ein Angehöriger des Mittelstands in die Oberschicht der Gesellschaft aufsteigen konnte und daß die Zeit vorbei war, da Juden in schmuddeligen Vierteln wohnten, wo ihnen Orangenverkäufer, Schnürsenkelhöker und Sauregurkenanbieter mit ihrem Geschrei jegliche Illusion von gesellschaftlichem Vorankommen aus dem Kopf brüllten.

In jener Vorkriegszeit waren die Juden unauffälllig und angepaßt zugleich. Sie waren unauffällig, weil sie ihr jüdisches Leben leise und für sich lebten. Sie waren angepaßt, weil sie im Sog der deutschen Assimilierungsbewegung immer fester glaubten, das Exil sei zwar eine Tatsache, brauche aber nicht zu bedeuten, daß man in dem Land, in dem man wohnte, so leben mußte, als befände man sich auf der Durchreise. Es war die Zeit, da das Judentum an der Kultur des alten Europas schnupperte und von ihr aufgeklärt wurde, die Zeit, da die ersten deutschen Rabbiner im Talar in der Schul erschienen, in der die Reformjuden eher progressiven Protestanten glichen als ihren mottenzerfressenen osteuropäischen Vätern und Müttern. Zum erstenmal seit Jahrhunderten begann die große Masse der Juden zu glauben, sie sei vielleicht gar nicht so anders als die Menschen ihrer Umgebung. Zum erstenmal seit der Zerstörung des Tempels keimte der Gedanke, ein Jude könne neben dem mythischen Land seiner Herkunft auch ein Vaterland haben. Natürlich gab es Menschen, die nach Palästina gingen, natürlich wurden sie mit Geld und Gut unterstützt, doch der überwiegende Teil der westeuropäischen Juden betrachtete sie als begeisterte Naivlinge, rührende Träumer, die in diesem dürren, verlassenen Land wirklich besser aufgehoben waren. Hier, in der zivilisierten Welt, waren sie nur eine lebende Erinnerung daran, daß all diese westlichen, gebildeten, normalen Juden eigentlich aus einem anderen Teil der Welt kamen, aus einer Kultur, die so stark von der herkömmlichen abwich, daß man kaum verstand, warum sie so normal wirkten.

Wolf Adenauer, der einem Geschlecht von Rabbinern entstammte, hatte das Gymnasium besucht, fühlte sich als Europäer, als Hellenist und als Mensch. Danach war er Jude. Er liebte Bach und Thomas Mann, er las jedes Jahr die Odyssee und aß Schinken, wenn es sich gerade so ergab. Das Gewebe von Geboten und Verboten, das das jüdische Gesetz darstellt, war für ihn eine Richtlinie, nicht der Mantel, in den ein Mann des zwanzigsten Jahrhunderts mit seinem Wissen und seinen Interessen sich kleidete. Er war Optimist. In diesen Anfangsjahren der modernen Zeit glaubte er, die Welt würde sich grundlegend verändern. Es hatte einen großen Krieg gegeben, den ersten Krieg, in dem Juden gegeneinander für ihr jeweiliges Vaterland gekämpft hatten, und nach diesem Krieg war das Bewußtsein gewachsen, diese Art von Greueln müsse verhindert werden, könne verhindert werden. Autos fuhren auf den Straßen, es wurde telefoniert, die Fotografie war auf dem Vormarsch, das Radio verringerte die Entfernungen. Konnte die Menschheit, die sich so schnell, so positiv entwickelte, in eine derartig große Barbarei wie den letzten Krieg, wie die Jahre primitiven Mißtrauens, stupiden Argwohns zurückfallen? Würde man mit dem heutigen Wissen noch glauben, daß Epidemien entstanden, weil Juden die Brunnen verschmutzten? Würde man in einer Zeit, in der der Mensch flog und fuhr und drahtlos kommunizieren konnte, noch glauben, daß Juden christliche Jungfrauen abschlachteten, um Matze zuzubereiten? Daß sie Hostien stahlen und sie durchstachen, bespuckten und zertrampelten, um sich an dem Mann zu rächen, den die Christen als ihren Erlöser bezeichneten? Wolf Adenauer konnte nur lachen über Leute, die so etwas für möglich hielten. Die Menschheit wurde besser, immer besser. Irgendwann würden Länder und Monarchen untergehen, und die Welt wäre wirklich geeint, gelenkt von einer Weltregierung, und die demokratischen Grundprinzipien wären so stark, daß niemand sich ihrer Logik und Güte würde entziehen können. Wolf Adenauer hatte sich von dem kleinen Jungen, der am Ende des neunzehnten Jahrhunderts seine Thora und seinen Talmud in einer kleinen Schule hinter der örtlichen Schul gelernt hatte, zu einem Humanisten entwickelt, einem analytischen Denker, einem Mann, der Logik über alles liebte. Die Dämmerwelt der mosaischen Zeit, die Blüte der rabbinischen Auslegungskultur, aus der der Talmud hervorgegangen war, waren für ihn nicht länger Realität. Er betrachtete Gott als Schöpfung des Menschen, die Entstehungsgeschichte als einen der vielen Mythen, die im goldenen Delta von Euphrat und Tigris blühten, und er betrachtete die Welt als das Produkt des Menschen. Der letzte kleine Rest Mystik, der noch in ihm war, der vage Glaube an etwas, das außerhalb von ihm war, nicht einmal unbedingt größer, schrieb er seinem eigenen Solipsismus zu. Er habe nun mal, erzählte er Mendel später, stets die Neigung gehabt, die Welt als etwas zu sehen, das es gab, weil es ihn gab.

So saß eine jüdische Familie in den Jahren vor dem Krieg in Voltaires und Chesterfields im ehemaligen Haus eines Textilfabrikanten und blickte auf ein Leben, das sich kaum von dem der meisten anderen Bewohner der Stadt unterschied. Es war der Höhepunkt des Exils in Europa.

1947, zehn Jahre bevor er geboren wurde, hatten

die Adenauers den Punkt erreicht, an dem die Springprozession der Assimilierung den unvermeidlichen Schritt zurück tat. Seine Großeltern und seine Mutter waren an dem Punkt angelangt, an dem das große Exil begonnen hatte: Fremde waren sie, besitzlos, zurückgeworfen auf lediglich die paar hebräischen Worte, die sie noch beherrschten und mit denen sie holpernd und stockend den Herrn der Welten anriefen, in dem Bewußtsein, daß dieser mit ihnen in den letzten sechs Jahren gespielt hatte wie mit Marionetten in einem brennenden Puppentheater. Sie waren zurückgekehrt aus der Finsternis Osteuropas, und es war eine zweite Rückkehr gewesen. Ihre Vorfahren waren 1650, als Chmelnizkis Kosaken den Pogrom erfanden, den langen Weg nach Westen gegangen. Jetzt hatten Wolf und Lena und Ruth die gleiche Reise, allerdings in umgekehrter Richtung, gemacht, und der Anlaß war nicht viel anders gewesen. Die Geschichte hatte sich nicht als Fluß erwiesen, der sich vorwärtsbewegt, hin zu etwas Größerem, sie war auch keine immerwährende Wiederholung; die Geschichte war eine Erinnerung.

Lena kam als erste zurück, bekleidet mit einem Kartoffelsack, in den für Arme und Hals Löcher geschnitten waren, und sie ging in Schuhen aus Bast. Sie stieg aus dem Güterwaggon, der sie und ihre Reisegefährtinnen in der Stadt abgesetzt hatte, ging an der Mauer neben dem Bahnhofsplatz vorbei, überquerte die Gleise und fand das Haus am Ring bewohnt vor. Eine Frau kam an die Tür. Es war Coba

Ketering, die Frau des Friseurs, der einen kleinen Laden an der Grote Kerk gehabt hatte. Sie starrte die armselige Gestalt auf den Eingangsstufen an, erkannte die frühere Bewohnerin und knallte die Tür zu. Die Tür öffnete sich auch nicht mehr, so lange Lena Adenauer auch klingelte, dagegenhämmerte und schrie.

Eine Nachbarin, die herauskam, brachte sie zum Haus des Bürgermeisters, dessen Frau die Hilfsvorräte für Kriegsgeschädigte verwaltete. Es war ein sinnloser Besuch. Sie wurde vor dem Haus von der Bürgermeistersfrau abgefertigt, die erzählte, daß sie in der Tat ein Depot verwalte, daß die Güter jedoch ausschließlich für Bürger bestimmt seien, die von Kriegshandlungen in den Niederlanden betroffen waren. »Leute, die ausgebombt worden sind«, sagte sie. »Niederländer. Keine Juden. Das sind Displaced Persons, die müssen sich an die UNO wenden.« Sie hatte dabei geschrien, als käme Lena aus einem anderen Land, was auch so war, und verstünde sie nicht, was nicht der Fall war.

Ein halbes Jahr später kam sein Großvater zurück. War er in den Jahren vor dem Krieg ein recht wohlgenährter, gesund aussehender Mann mit rosigen Wangen gewesen, fleischig und glänzend wie ein altmodischer holländischer Apfel, sah er jetzt mager und hitzig aus, mit glühenden Augen in tiefen Höhlen, einem Kopf voller Runzeln und grauem Haar mit schwarzen Strähnen. Er glich einem ausgebrannten Haus, in dem man hinter den schwarzen Löchern, die einmal die Fenster gewesen waren, noch Holz nachglühen sah. Er fand Lena im Krankenhaus wieder, wo sie die Fußböden scheuerte und im Verbandslager schlief.

Mendel wußte nicht, wie das Wiedersehen war, nachdem seine Großeltern 1942 in Polen voneinander getrennt worden waren, erst auf dem Bahnsteig dessen, was ihre Endstation hatte sein sollen, dann, aber das wußten sie nicht, noch einmal, weil seine Großmutter gegen Kriegsende, 1944, mit einem zweiten Transport verlegt wurde. Was auch geschehen sein mochte, an jenem Abend, nachdem sie fast fünf Jahre gezwungenermaßen getrennt gewesen waren, ging sein Großvater, keine zwei Stunden nach seiner Ankunft, zum Haus des Bürgermeisters, warf zwei hohe Fenster im Wohnzimmer an der Straße ein und sprach danach eine Stunde lang mit dem ängstlichen, beschwichtigenden Bürgermeister. Am nächsten Tag räumte die Polizei das Haus am Ring, und die Aufstellung der Gewinn- und Verlust-Rechnung wurde in Angriff genommen. Später erzählte sein Großvater, er habe in der Zeit nach seiner Rückkehr Versuche unternommen, von den Keterings, den Bewohnern seines Hauses, Miete für fünf Jahre zu fordern, was aber zurückgewiesen wurde, weil Ketering das Haus »mit Genehmigung der damaligen örtlichen Behörden« bewohnt habe. Auch der Friseursalon, der während des Kriegs von Ketering betrieben worden war, fiel unter diese Bestimmung. Letztendlich konnte sein Großvater, wie er später erzählte, noch von Glück sagen, daß er sein eigenes Geschäft zurückerhielt.

Seine Mutter kam erst 1946 zurück. Seine Großeltern hatten sie bereits aufgegeben, obwohl auf den ellenlangen Totenlisten, die wöchentlich erschienen, ihr Name noch nicht aufgetaucht war. Sie war nach ihrer Befreiung mit einer Gruppe Französinnen nach Paris gebracht worden. Dort, erzählte sie, wurde ihr Luxuszug mit Festmusik und Umzügen feierlich empfangen. Alle Reisenden erhielten vom Bürgermeister von Paris eine Karte, die ihnen Recht auf Kleidung, Nahrung, eine kleine Geldsumme und freien Eintritt in Oper und Theater gab. Seine Mutter blieb acht Monate in Frankreich, bei einer der französischen Frauen, um wieder zu Kräften zu kommen, und als sie endlich in den Niederlanden eintraf, sah sie kaum anders aus als sechs Jahre zuvor. Der einzige Unterschied bestand darin, daß sie eine Nummer auf dem Arm trug und seit dieser Zeit ziemlich »französisch orientiert« war, was in der Stadt gleichbedeutend war mit leichtsinnig. Daß sie Jahre später auch noch ein Kind bekam, ohne verheiratet zu sein, ohne auch nur je mit einem Mann gesehen worden zu sein, ohne nachweisbare Vaterschaft und ohne jede Scham, hatte zur Folge, daß der Mythos um sie nur noch größer wurde. Es störte sie nicht. Sie war eine Frau, die sich weniger um ihren Ruf kümmerte als um ihr Leben.

Die Rückkehr nach Osten, der Weg durch die Finsternis und der unfreundliche Empfang in ihrem

Vaterland (seine Großeltern mußten 1947 die armseligen Möbel sogar noch bezahlen, die ihnen zugeteilt worden waren, weil Ketering sich die ihren unter den Nagel gerissen hatte), das alles führte dazu, daß es mit ihrem Vertrauen in die europäische Kultur, den Hellenismus und die Assimilation vorbei war. Nach vierzig Jahren der Verschmelzung mit der Welt um sie herum befand sich seine Familie wieder an dem Punkt, an dem jeder Jude letztlich endet: am Rand der Steppe des Geistes, über die Ebene spähend, die den Juden vom Ende des Exils trennt. Die Adenauers hatten die Welt des Judentums für ein Leben als »normale Menschen« verlassen. Nun, da dies mißglückt war und der Weg zurück unbegehbar schien, blockiert von Bitterkeit und dem verlorenen Vertrauen in die grausame vorweltliche Gottheit, nun gab es nichts mehr als die Insel Familie.

Ende 1946 erhielt Lena, hatte sein Großvater erzählt, einen Karton, auf dessen Rückseite die Adresse des Bürgermeisters stand. Darin waren ein Paar Schuhe und ein Zettel. Auf dem Zettel stand, daß diese Hilfsgüter in Abweichung von den Bestimmungen Mevrouw L. Adenauer-van Gog zur Verfügung gestellt würden. Eine Rechnung lag bei. Die Schuhe wurden zurückgeschickt. Den Zettel ließ seine Großmutter einrahmen. Er erhielt einen Platz über dem Kamin. Es war eine Warnung. Sie besagte: Wir mögen ihnen zwar ähneln, aber wir leben in einer anderen Welt.

»These are poisonous, Mister Mendel.«

Er steht inmitten des unregelmäßigen Kreises von Pilzen, den Kopf leicht gesenkt. Als er aufschaut, sieht er die Köchin zwischen zwei Eichen stehen, den Kopf schiefgelegt, beide Hände am Henkel eines Schilfkörbchens.

II

Am Freitag kommt sie zurück, in einem Dunstkreis aus Chanel und Zigarettenrauch. Sie ist gehetzt.

»Ich habe wenig Zeit.«

Er sitzt in seinem Zimmer, am Fenster, ein schlaffes Blatt Papier in der Hand.

»Was für eine Welt«, sagt er.

Sie sieht ihn unbestimmt an.

»Ich muß in die Stadt, zum Notar. Können wir uns nicht irgendwo treffen und dann essen gehen, bei Koning?«

Er kann es ihr nicht verweigern. Er nickt. Sie küßt ihn aufs Haar und wirbelt aus dem Zimmer. Während er auf seinem Stuhl sitzt und ihre Absätze die Treppe hinuntertrommeln hört, fragt er sich, wo sie bloß immer hingeht. Er hat keinen blassen Schimmer, was sie tut, wenn sie nicht bei ihm ist.

Eine Stunde später grüßt er Suzy und geht den Waldweg entlang zur Haltestelle an der Straße, wo er den Bus in die Stadt nimmt. Unterwegs sitzt er am Fenster, den Kopf gegen die Scheibe gedrückt, und schaut hinaus. Der Bus fährt einen Halbkreis um die Stadt, hält an Kneipen, wo der Fahrer Zeitungspakken hinauswirft, und wartet lange am Rand einer schmalen Asphaltstraße, die durch einen graugrünen

Nadelwald führt. Er ist der einzige Fahrgast, und er sitzt auf seinem Sitz und schaut zum Fahrer, der hinter seinem Lenkrad sitzt und eine Tüte Milch austrinkt. Nach fünfminütiger Wartezeit kommt eine alte Frau vom Waldrand. Sie erklimmt die drei hohen Stufen, wechselt ein paar Worte mit dem Fahrer und setzt sich vorn im Bus hin. Während der Motor anspringt und die Sitze mit dem sonoren Gebrumm des Diesels langsam zu vibrieren beginnen, nimmt die Frau zwei Vergrößerungsgläser aus ihrer Tasche und hält sie sich vor die Augen. Sie dreht sich um und schaut mit riesigen blauen Teichen von Augen in seine Richtung. Er nickt. Sie nickt zurück.

Während sie sich durch den Nachmittagsverkehr kämpfen und er hinausschaut, denkt er an die Stadt, an die er sich erinnert, die Stadt von vor drei Jahren. Dieser Ort hat nur noch entfernte Ähnlichkeit damit. Wo er krumme Gäßchen weiß und blauschwarzes Kopfsteinpflaster, das im abendlichen Regen glänzt, ist Asphalt, gesäumt von nahtlos ineinander übergehenden Bank- und Versicherungsgebäuden. Das gigantische Kaufhaus mit den holzgerahmten Schaufenstern aus gewölbtem Glas ist ein leerstehendes Lagerhaus mit verrußten Fenstern, hinter denen schmuddelige Stofflappen hängen. Er fragt sich, wie sich die Stadt so schnell verändern konnte. Dann wird ihm bewußt, daß er tagsüber ja nur selten hinauskam. In seinem Geist ist die Stadt durch Lampenlicht, Erinnerung, geträumte Abende mit sanftem Regen gedämpft. Er schreckt auf, als der Bus auf den Bahnhofsplatz biegt und an einer Haltestelle stoppt. Er steigt aus und schnuppert die Bahnhofsgerüche ein, Diesel und Eisen. Dann geht er über den Platz und überquert die Bahngleise.

Dies ist das Haus, in dem er geboren ist, in dem er gewohnt hat. Es sieht aus, als gehörte es niemandem, ein x-beliebiger alter Kasten. Die Fenster sind stumpf und grau, hinter den Scheiben hängen Spinnweben. Im Garten hat Unkraut die sorgfältige Miniaturlandschaft seines Großvaters überwuchert. Zwischen den Steinplatten des Gartenwegs wächst Gras und Moos, entlang der Grasfläche balancieren schüttere Birken in einem Beet voller Brennesseln und Quecke. Der Rasen ist moosig, bedeckt mit braunem und rotem Laub. Hier erholte er sich in einem Strandkorb, lange nachdem er krank geworden war, lange nach der Stimme und dem Krankenhaus und dem Ohr und … Sommertage auf dem Rasen, vorbeiziehende Wolken, das vage Echo einer Stimme, an die er sich nicht mehr erinnern konnte.

»Du mußt wieder anfangen zu sprechen, Mendel«, sagte Großvater.

Wie Nebel, wie der Fürst des Todes in seinem blaugrauen Umhang, mit den tausend Augen und dem herabhängenden Schwert. Eine Stimme wie Nebel. »Ich komme nur *einmal*. Ich kann nicht mit leeren Händen weg.«

»Nimm mein Herz«, sagte er. Er dachte an die Inkas.

Im Haus hängt das fahle Dämmerlicht der Verlassenheit. Der Fußboden im Wohnzimmer ist grau vor Staub. Seine Füße hinterlassen stumpfglänzende Flecken im Holz. Er geht durch die Räume des Erdgeschosses, steigt die Treppe hinauf, schaut in die Zimmer seiner Großeltern, seiner Mutter und in sein eigenes altes Schlafzimmer, in dem das große Holzradio vornüber auf dem Boden liegt. Er stellt den Kasten wieder auf und starrt in das erloschene Auge. Früher konnte er nicht zuhören, ohne auf das grüne Katzenauge und die gelberleuchtete Frequenzskala zu schauen. Minsk, Luxembg. Drahtf., Motala, Moskau, Kalundborg, Oslo, Berlin II, BBC, Allouis, Vatikan, AFN, Limoges, Rennes, Prag, Hilversum, MT, Ceneri, Sender Fr. Berl., Linz, Mailand, Hörby, Rom II, Schwerin. Das *Warsaw Concert* von Addinsell an einem Sonntagnachmittag, bei geschlossenen Vorhängen. Ein heißer Sommerabend auf dem Fußboden des Wohnzimmers und *Down Town*, und Großvater, der am Eßtisch saß und die Zeitung las und das Planetensystem erklärte, indem er mit Brotkrusten Ellipsen auf das Tischtuch legte. »Kann man Radiowellen sehen?« hatte er gefragt.

Überall dasselbe: leere Holzfußböden, leere Wände mit hellen Flecken, leere Schränke, deren Türen halb offenstehen. Im Holzkämmerchen seines Großvaters, der Bibliothek, riecht er ganz schwach den Duft schwarzbrauner Zigarren.

»Das ist ein sehr schöner Chablis«, echot Wessel.

Er ist sehr pünktlich bei Koning. Er läßt sich zu einem Tisch führen (»Mevrouw van Twickel hat reserviert. Wenn Sie mir bitte folgen würden«) und trinkt zum erstenmal seit Jahren Wein. Der Eimer mit der kargen halben Flasche wird an seinen Tisch gebracht und zeremoniell bereitgemacht. Er prüft das Etikett, er kostet den Wein, er lauscht dem knackenden Eis im Eimer. Er liest die in krummem Kauderwelsch verfaßte Speisekarte und wartet. Es ist sieben Uhr. Um acht Uhr sieht er zu, wie der letzte kleine Rest des grünlichen Weins im Glas kreist. Sein Mund ist schwerfällig. Seine Lippen sind aus Gummi und bewegen sich, ohne daß er etwas dagegen tun kann.

»Pardon?«

Er blickt stirnrunzelnd zu dem leicht vorgebeugten Ober auf, der neben seinem Tisch steht.

»Ich dachte, Sie haben mich gerufen.«

Er schüttelt den Kopf.

»Entschuldigen Sie.«

Der Ober verschwindet. Er stellt sich zu einem Kollegen am schwarzen Holzbüfett und flüstert.

Wo kann sie sein, denkt er. Und: Es ist ein Unglück passiert. In Gedanken sieht er einen nervösen Polizisten den Saal betreten, hüstelnd und schlurfend, von einem der Kellner dirigiert. »Es ist … Ich muß Ihnen mitteilen … Mevrouw van Twickel …« Er schüttelt den Kopf. Niemand würde ihn benachrichtigen, wenn mit Anna etwas passierte. Er existiert nicht in ihrem Leben. Er wohnt in ihrem Haus. Er ist der Eigentümer, der souveräne Fürst des blauen

Zimmers, aber das weiß nur er. Niemand wird neben ihr knien, wenn sie auf dem Boden liegt, angefahren, der Schädel gebrochen, schwarzrotes Blut im glänzenden Haar, und denken: Wir müssen Mendel Adenauer benachrichtigen. Er lächelt. Er denkt: Ich bin bei ihr untergetaucht. Er denkt: Ich kann nicht weg, ich habe kein Geld dabei. Er hebt die Hand und trägt dem herbeigeeilten Ober auf, die leere Flasche zu ersetzen.

»Zu ersetzen?«

»Durch eine volle.«

»Selbstverständlich. Entschuldigen Sie bitte.«

Als sein Glas wieder gefüllt ist und er den Duft von Gras und Wasser schnuppert, gleitet sein Blick durch den hohen Speisesaal mit der osteuropäischen Vertäfelung und der schlichten Stuckdecke. Er studiert den gedeckten Tisch am Eingang, ein barockes Monument der Dekorationssucht mit einem Sockel für einen riesigen Astern- und Chrysanthemenstrauß, umgeben von Weinflaschen und Platten mit vertrockneten Käsestücken. Dann sieht er die abendlichen Umrisse des Bahnhofs, das sanfte Licht, das aus den Kuppeln auf dem Dach strahlt, die gelben Lampen an den Bahnsteigen und zögernde erste Schneeflocken, die herabschaukeln, als kämen sie, um die Stadt für den Rest des Schauers zu erkunden.

Es ist halb neun, als er steif vom Alkohol aufsteht und sich zum Ausgang des Saals begibt. Er ist nicht betrunken, er ist nie betrunken, er ist lediglich durch und durch geschärfte Höflichkeit, Wohlerzogenheit und Unerschütterlichkeit.

»Mijnheer?«

»Würden Sie bitte Mevrouw van Twickel ausrichten, wenn sie kommt, daß ich nicht länger warten konnte?«

»Selbstverständlich. Äh … die Rechnung?«

»Die Rechnung können Sie an Mevrouw van Twickel schicken.«

»Ich weiß nicht …«

»Sie konnte hier reservieren, dachte ich.«

»Selbstverständlich.«

»Dann nehme ich an, daß sie auch die Rechnung empfangen kann.«

»Selbstverständlich.«

Im Vestibül sucht der Ober seinen Mantel.

»Ich trug keinen Mantel.«

»Es schneit«, sagt der Ober.

Er greift nach der Türklinke und schaut hinaus.

»Manna«, sagt er. »Das ist nur Manna.«

Draußen ist die Straße mit einer dünnen weißen Schicht bedeckt, so dünn, daß die Pflastersteine noch grau hindurchschimmern. Er überquert die Fahrbahn und kommt auf den Bahnhofsplatz. Eines nach dem anderen inspiziert er die Haltestellenschilder. Beim letzten entdeckt er, daß auf seiner Strecke keine Busse mehr fahren. Er geht die Bahnhofstreppe hinauf und stellt sich unter dem vorstehenden Giebel an die Eingangstür. Das Schneetreiben wird dichter und dichter. Es ist schwer, von hier aus das

Restaurant zu erkennen. Er schaut zu dem Friseursalon an der Mauer neben dem Platz. Die Fenster sind schwarz. An der Stelle, an der früher sein Nachname stand, flackert jetzt das unruhige Neonlicht von *Ketering Feine Frisuren*. Dann geht er die Treppe hinunter, überquert den Platz und verschwindet in der Stadt.

III

»Ich sag dir, Anna, dieser Bahnhof … die Züge hielten nicht, sie donnerten wie … wie Schwerter, wie Opferschwerter donnerten sie über die Schienen. Wenn man im Bahnhofsrestaurant saß … Sie fuhren so schnell vorbei, der Boden zitterte, wogte, die automatischen Schiebetüren begannen von selbst auf- und zuzugehen, wie Verrückte gingen sie auf und zu, wie zu- und aufklappende Messer, und niemand ging hindurch, und draußen, draußen wackelten die Bäume, wenn ein Zug vorbeikam, und drinnen saßen die merkwürdigsten Leute, Bettler, religiöse Eiferer, bekehrte Erlöser, Krüppel mit Schnürstiefeln, sabbernde Alkoholiker, und sie blickten nicht einmal auf, wenn ein Zug vorbeifuhr, sie saßen einfach in der Zugluft der auf- und zugehenden Schiebetüren und blickten nicht auf. Dieser Bahnhof, Anna, der war das Tor zur Hölle. Wie Opferschwerter sausten die Züge über die Schienen. Es war … Es war krankhaft. Es war beängstigend.«

»Wo warst du?«

Er fährt sich mit der Hand durchs Haar. Sein Gesicht ist fahl vor Müdigkeit, seine Kleider riechen nach Erde. Wo er war? Er war überall. Seine Augen sind müde von all dem, was er gesehen hat.

Es war, als liefe er durch Wasser, als wäre er ein Toter, der barfuß durch überschwemmte Straßen ging. Krumme Straßen waren es, Klinkerstraßen, die mit einer leichten Biegung zum Stadtzentrum hochführten, und das Wasser lief träge durch diese Straßen, über seine nackten Füße. Das Wasser zog wie eine glänzende Fischgräte durch die Rinnsteine. So kam es ihm vor, aber in Wirklichkeit schneite es, ununterbrochen, und die Straßen waren weiß und leer, alles war still. Manchmal kreuzten andere Fußstapfen seinen Weg.

Außerhalb der Stadt, jenseits der Umgehungsstraße, war die Welt verlassen. Er konnte das Rieseln des Schnees hören. Irgendwo unter einer einsamen Laterne, auf einem schmalen Weg zwischen zwei weißen Feldern, blieb er stehen und blickte zurück. Seine Spuren verschwanden. Er spürte, daß sein Jackett langsam durchweichte. Er zündete sich eine Zigarette an. An die Laterne gedrückt, als könnte dieser dünne Pfahl ihn schützen, rauchte er die Zigarette. Der Rauch, den er ausblies, vermischte sich mit seinem Atemhauch. Der Duft des Tabaks füllte seine Nase. Er spürte, wie die Hand, in der er die Zigarette gegen den Schnee schützte, langsam warm wurde.

Er wußte schon lange nicht mehr, wo er war, als er am Rand eines überschwemmten Birkenwalds stand. Der Mond war nicht zu sehen, aber es floß doch bläuliches Licht zwischen den erschauernden dünnen Stämmen. Das Wasser, in dem die Bäume standen, war schwarz. Äste ragten in die Höhe, als wären sie die Finger von Toten, von Ertrinkenden, die starben, während sie noch nach der Oberfläche griffen. Er hockte sich auf den Erdwall, der den Wald begrenzte. So weit er sehen konnte: Birken in totem Wasser. In der Ferne sah er eine Bewegung, einen verschwommenen weißen Fleck, mitten im Wald. Er stand auf und beugte sich etwas vor. Nichts. Er sah sich um. Hinter ihm lag das Moor. Die hohen Grasbüschel waren mit einer sahnigen Schneeschicht überzogen. Ein schlecht gedeckter Tisch. In der Ferne verschwamm die weiße Fläche im Himmel.

Als er sich umsah, stand eine Frau vor ihm. Sein Atem stockte. Ihr weißes Kleid war naß, ihre Haare waren naß. Ihr Gesicht war glasig wie Kleister. Er tat einen Schritt zurück, spürte, wie sein Fuß versank, und fiel rückwärts zu Boden. Als er wieder stand, war sie weg.

Gegen Morgen, eine dünne Sonnenscheibe hinter wassergrauer Luft, fand er eine Lagerscheune, in der Traktoren und Werkzeug standen. Er kletterte die Leiter hinauf zum offenen Boden und wickelte sich dort in die ordentlich zusammengelegte Pferdedecke, die für ihn bereitzuliegen schien. Bevor er schlotternd in Schlaf sank, tauchte der ertrunkene Wald auf. Er konnte sich vorstellen, durch diesen Wald zu gehen. So als wäre er ein Toter, der barfuß durch überschwemmte Straßen ging.

»Wo warst du, um Himmels willen?« sagt Anna. »Wir haben uns Sorgen gemacht. Ich hab die Polizei angerufen.«

Er schlägt die Augen auf und schaut sie blinzelnd an.

»Die Polizei?«

»Und wie du aussiehst! Was ist passiert?«

»Nichts«, sagt er.

Anna holt tief Luft. Sie öffnet den Mund. Dann dreht sie sich um. Mit übereinandergeschlagenen Armen, den Rücken ihm zugewandt, steht sie da, mitten im Zimmer, in einer Bahn flach einfallenden Sonnenlichts.

»Anna?«

Sie dreht sich um.

»Was bin ich, Mendel?«

Er blinzelt.

»Warum habe ich die Polizei angerufen? Warum mache ich mir Sorgen? Warum rege ich mich überhaupt auf? Du siehst mich nicht, du siehst das Bild, das du von Anna van Twickel hast. Du hast mich gesehen, du hast mir deine Geschichten und Vermutungen übergestülpt, du hast deine Kleinkinderschlußfolgerungen gezogen, und hier ist Anna, sie sieht Mendel ungerührt an, sie sieht ihn kommen und gehen, und Anna lebt ihr Leben. So ist es doch, oder? Ich gäbe viel Gold dafür, zu wissen, was du dir alles für mich ausgedacht hast. Aber das ist noch nicht das Schlimmste. Das Schlimmste, Mendel, ist, daß du von jedem so ein Bild hast.«

Ihr Kopf ruckt hin und her. Ihre Stimme klingt beherrscht, aber er kann hören, daß es sie Mühe kostet, nicht lauter, heftiger zu sprechen.

»Du lebst in einer Welt eindimensionaler Figuren. Du kannst dir bei anderen Menschen nichts vorstellen. Du glaubst zwar, daß sie Gefühle haben, aber nicht solche wie du, nur so ungefähr. Deine Welt besteht aus *einem* Menschen, einer Hölle für *eine* Person. Mendel Adenauer, der einzige Mensch auf der Welt.«

Er öffnet den Mund.

»Nein, nicht der einzige Mensch. Das einzige Herz, das ist es. Die anderen, Mendel, leben, aber wie Pflanzen. Oder nicht? Sie haben kein Herz.«

Sie tritt auf ihn zu. Sie steht dicht vor ihm. Er kann die Wärme ihrer Haut spüren. Parfüm steigt aus ihren Kleidern auf.

»Der Tag, Mendel Adenauer, an dem du entdeckst, daß die Welt nicht von deiner Existenz abhängt ... Der Tag, an dem du entdeckst, daß du einer von vielen bist ...«

»Was bist du?«

»Was?«

»Du hast gesagt: Was bin ich.«

Ihre Augen werden groß.

»Willst du das wissen? Soll ich dir sagen, was ich bin?«

Er schüttelt den Kopf.

»Ich werde es dir sagen. Ich bin deine ... Deine Krankenschwester bin ich. Deine Krankenschwester. Und deine Hure, mit der du nicht schläfst.«

Er holt tief Luft.

»Und womit bezahlst du mich, Mendel? Was bekommt deine Krankenschwester, deine … deine unbefleckte Hure? Deine Duldsamkeit bekomme ich.«

»Das stimmt nicht. Ich …«

»Du duldest mich. Weil ich schuldig bin. Weil ich nicht zu deinesgleichen gehöre. Weil meine Eltern auf der falschen Seite standen.«

Sie beginnt zu beben. Ihre Schultern bewegen sich auf und ab. Ihr Kopf schwankt von links nach rechts. Ihre Augen schwimmen in großen Teichen von Tränen, die einfach nicht fallen wollen.

»Anna«, sagt er, während in seinem Bauch ein Ball aus Kummer hochquillt.

»Sühne«, schreit sie. »Schuld und Sühne! Mistkerl! Warum hast du mich nicht einfach flachgelegt? Dann wär es vorbei. Dann wär es vorbei.«

Mit einem Ruck dreht sich ihr Kopf zur Seite. Er spürt, wie etwas auf seine Wange spritzt. Dann rennt sie an ihm vorbei aus dem Zimmer. Er hört sie durch die Eingangshalle gehen, die Treppe hinauf. Ihre Absätze klingen wie Gewehrschüsse.

Mitten im Zimmer steht er, in seinen nach Wald riechenden Kleidern. Er denkt: Die Welt nach mir. Und: Gott, bewahre mich vor dem Tod. Er berührt seine Wange und führt seinen Zeigefinger zum Mund. Er trinkt ihre Träne.

IV

In dieser Nacht wird er wach. Das heißt, er kommt zu sich und weiß nicht, wo er ist: An einem unbestimmten Fleck im Dunkeln treibt er dahin, ohne Gefühl für Zeit und Ort.

Als er die Augen öffnet, starrt er in das hohle Gesicht seiner Mutter, deren Kopf in eine graublaue Kapuze gehüllt ist.

Hier kommt meine Mutter, denkt er, und sie ist gekleidet als Fürst des Todes.

»Hallo, Mendel«, sagt sie.

Er grüßt sie mit den Augen.

Ein Rauschen erfüllt das Zimmer, das Bett seufzt. Sie setzt sich neben ihn. Er rutscht ein Stück zurück und starrt auf seine verkleidete Mutter. Er schüttelt den Kopf.

»Was ist?« sagt sie.

»So bizarr ist die Wirklichkeit«, sagt er.

Sie zuckt mit den Achseln: »Wenn dies die Wirklichkeit ist.«

Ich bin der einzige, denkt er, der Halluzinationen hat, die ihm sagen, daß sie Halluzinationen sind.

»Warum bist du hier«, fragt er.

»Das klingt, als wäre dir mein Besuch nicht recht.«

»So ist es nicht.«

Sie schlägt die Kapuze zurück. Er erschrickt über ihr graues Haar.

»Ich dachte, die Toten werden nicht älter«, sagt er.

»Außer wenn sie sich Sorgen machen.«

Mein Gott, denkt er, dies ist meine Welt: In der Nacht werde ich von einer toten Mutter besucht, die bei mir auf der Bettkante sitzt und sich amüsiert. Wann war das, als der Fürst des Todes selbst zu mir kam, gehüllt in denselben Umhang, den Ruth jetzt trägt? Vor zehn Jahren? Als ich zehn war, so ungefähr, als ich krank war und am Ohr operiert wurde, dem Ohr, das jetzt nur noch als Ornament an meinem Kopf sitzt, eine nutzlose Verzierung. Zehn, und der Fürst des Todes kam an mein Bett und forderte mich ein, und ich protestierte, bot ihm statt dessen mein Herz an (denn der Fürst des Todes geht nie mit leeren Händen weg).

»Dir geht es nicht gut.«

Er schüttelt den Kopf. »Nicht so schlimm.«

»Wie lange bist du jetzt schon in diesem Haus …«

»Ich liebe dieses Haus«, sagt er.

Sie zuckt mit den Achseln. »Du gehörst nicht hierher.«

»Sag mir, wo ich dann hingehöre«, sagt er. »Ich bin so geboren.«

»Du tust nichts.«

»Nein«, sagt er.

»Weil du müde bist.«

»Sehr, sehr müde.«

»Aber nicht krank.«

»Vielleicht tot.«

»Das weiß ich nicht«, sagt sie, »ich bin nicht der Fürst des Todes.«

»Hör zu«, sagt er, »das ist alles sehr verwirrend. Was möchtest du, daß ich tue?«

Sie steht auf und geht ein paar Schritte im Dunkeln. Er kann sie fast nicht mehr sehen.

»Geh nicht weg.«

»Ich gehe nicht weg.«

»Was soll ich tun?«

Sie seufzt. Dann sagt sie: »Nichts. Es wird schon alles gut.«

Es ist lange still. Er hört die Dunkelheit rauschen. Wie ein Fleck auf der Nacht steht sie in seinem Zimmer, am Fußende seines Betts.

»Ruth?«

»Ja.«

»Du fehlst mir.«

Er öffnet die Augen, die Dunkelheit kippt. Er muß sich am Bett festhalten.

»Was ist?«

Er reibt sich über die Stirn.

»Mendel?«

In der Finsternis tauchen die Umrisse einer Gestalt auf.

»Anna.«

Sie beugt sich über ihn.

»Du hast geschrien.«

Er nickt.

»Ist alles in Ordnung?«

»Ich hab geträumt.«

Sie setzt sich auf den Rand seines Betts und schlingt die Arme um sich.

»Meine Mutter hat mich besucht.«

Er erzählt seinen Traum. Als er fertig ist, steht sie auf und geht aus dem Zimmer. Als sie ein paar Minuten später zurückkehrt, trägt sie eine Flasche und zwei Gläser. Sie setzt sich aufs Bett, dreht den Verschluß von der Flasche und gießt ein. Er richtet sich auf und nimmt ein Glas. Ein scharfer, parfümierter Geruch steigt daraus auf. Er trinkt und schmeckt etwas, das entfernt an Whisky erinnert.

»Das hab ich geschenkt bekommen. Es stammt aus Mexiko oder Guatemala.«

Er kann sie jetzt deutlich sehen. Sie trägt einen schwarzen Bademantel. Ihr Haar hängt offen herab. Es ist das erste Mal, daß er sie so sieht.

»Als ich zehn war, träumte ich, der Fürst des Todes käme an mein Bett.«

Anna schüttelt den Kopf.

»Er war nicht schwarz gekleidet und trug auch kein Schwert.«

Er trinkt von dem merkwürdigen Getränk. Es ist, als wölke das Parfüm des Alkohols aus dem Glas auf und umkringele seinen Kopf.

»Er trug graue, grüne, bläuliche Lappen, die ihm um den Körper hingen, und sein Kopf war ganz verborgen in einer Kapuze. Er sagte: ›Ich bin deinetwegen gekommen.‹ Ich hatte Angst.«

Anna füllt die Gläser nach und gibt ihm die Flasche, als er die Hand ausstreckt. Umgeben von goldfarbenen Medaillen steht da ein Wort, das er nicht kennt: Mezcal. Auf dem Boden schwimmt ein weißes Stäbchen. Er hält die Flasche hoch und späht in die goldfarbene Flüssigkeit.

»Das ist eine kleine Raupe«, sagt Anna. »Die scheint da hineinzugehören. Das Zeug wird aus Kakteen hergestellt, und in den Kakteen gibt es eine Raupe, die das Fruchtfleisch auffrißt und in alle möglichen mysteriösen Stoffe umwandelt.«

Er gibt die Flasche zurück und trinkt wieder. Langsam verwandelt sich die zurückweichende Dunkelheit in Wasser.

»Der Fürst des Todes«, sagt er, »kommt nur ein einziges Mal. Wenn er gekommen ist, bringt er seine Arbeit zu Ende. Er kann nicht mit leeren Händen zurück.«

»Es war ein Traum«, sagt Anna.

Er nickt.

Mitten in der Nacht ist er betrunken. Will sagen, es ist, als wäre alles aus Seide.

Anna sitzt auf dem Stuhl in der Zimmerecke. Er geht hin und her, am Bett vorbei, schweigend, aber aufgedreht, leicht wie ein ungeborenes Kind, frei. Er ist sich ihres Blicks bewußt.

Er will etwas sagen, sehr sorgfältig formuliert. Darum ist er still.

»Darum bin ich still gewesen«, sagt er.

»Was?«

»Ich sage: Darum bin ich so lange still gewesen, weil ich etwas sagen will.«

Er geht weiter, hin und her. Der Morgenmantel, den Anna ihm gegeben hat, flattert ihm um die Beine. Es kann nicht mehr lange dauern, bis er die Worte hat, präzise ausgewählt, sorgfältig geordnet, auf nie dagewesene Weise überzeugend. Er nimmt das Glas, das auf dem kleinen Tisch neben ihrem Stuhl steht, und trinkt mit großen Schlucken von diesem herben, scharfen Trunk, den sie mitgebracht hat. Er spürt, wie der Alkohol in seinem Kopf herumwirbelt.

Und Anna schweigt. Sie sitzt auf ihrem Stuhl, das eine zarte Bein über das andere gelegt, zwei schmale Hände im schmalen Schoß, der Rücken gerade, der Kopf erhoben. Sie ist eine Statue. Nein, sie ist keine Statue. Eine Radierung. Keine Radierung: ein Traum, eine Geträumte. Die Menschen, die ich sehe, denkt er, sind nicht eindimensional, nicht, wie Anna es meint, nicht platt. Meine Welt, nein, die Menschen in meiner Welt befinden sich in der Zeit, ausschließlich in der Zeit. In diesem Sinne eindimensional. Erscheinungen in der Zeit.

»Hör zu«, sagt er. »Hör zu.«

Er setzt sich auf die Bettkante und schaut durch sie hindurch, hinter sie, dorthin, wohin die Menschen immer schauen, wenn sie ihn anschauen. Jetzt ist Tiefe hinter ihr. Ihr Gesicht ist ganz nah. Er streckt die Hand aus. Er sieht, wie seine Hand zu ihrer Wange reist.

»Hör zu«, sagt er.

»Ich höre zu, Mendel.«

Die vollkommene Linie ihrer Wange.

»Ich war still.«

Augen. Tief genug, um hineinzufallen. Und glänzend wie ... Seen in der Nacht unter einem vollen Mond ...

Er hört eine Stimme wie tausend Stimmen.

Still war ich, sagt die Stimme, eine unübersehbare Zeitlang, ich schwieg, ich hielt mich zurück; jetzt will ich keuchen wie eine Gebärende, aus- und einatmen, fast gleichzeitig. Amen. Omein.

Ihren Kopf hält er in seinen Händen. Seine Hände sind eine Schale, in der er ihren Kopf ruhen läßt.

»Nichts auf dieser Welt«, sagt er, und er steht auf und geht auf sie zu und kniet vor ihr nieder, »ist mir so nah gewesen wie du, und du warst weiter weg als alles andere.«

Annas Kehle schwillt und schrumpft. Ihre Augen schwellen und schrumpfen. Das Schwarz ihrer Augen glänzt tiefer und schwärzer als je zuvor. Sie holt Luft.

Er blickt auf seine rechte Hand, die sich erhoben hat, zu ihrem Gesicht. Er sieht sie an.

»Mendel«, sagt sie rauh.

Ihr Kopf nickt etwas, in Richtung seiner Hand, und sie blickt auf seine Hand, die reist und reist, die Zeit zerteilt und zu ihrer Wange geht.

Er spürt, wie ihr Leben in seinen Arm strömt.

»Hör zu, Anna. Ich erzähle dir, wie alles angefangen hat.«

Hör zu, Mendel, sagt die Stimme, hör zu.

»Ich bin weit weg, Anna, ich bin weit weg, und ich höre die Stimme.«

»Welche Stimme?«

»Sie sagt: Du bist weit weg, du hörst eine Stimme. Nichts als das, sagt die Stimme, nichts als das: das Gefühl, weit weg zu sein und eine Stimme zu hören, die sagt, in welchem Zustand du dich befindest.«

Wiederhole meine Worte, sagt die Stimme, wiederhole dies: Ich bin weit weg, ich habe das Gefühl, nicht da zu sein, wo mein Körper ist, ich bin weit weg, in einem Zustand tiefer Abwesenheit, und ich höre eine Stimme, ich höre in meinem Kopf eine Stimme, die ich nicht höre als Stimme, die gehört werden kann.

»Eine deutliche Stimme. Ein angenehmes Geräusch. Eine Stimme, die mir sagt, daß ich weit weg bin und eine Stimme höre.«

»Mendel?«

Er richtet sich auf. Er nimmt seine Kleider von dem Stuhl, der vor dem kleinen Schreibtisch steht, und geht ins Bad. Während er sich im dunklen Badezimmer anzieht, hört er Anna rufen. Er antwortet nicht. Als er herauskommt, steht sie hinter der Tür, unsicher, verwirrt.

»Geh schlafen, Anna.«

»Was ist los? Warum ziehst du dich an? Es ist mitten in der Nacht.«

In ihm ist eine große Klarheit, als wäre er aus Wasser.

»Es ist nichts los. Ich muß weg.«

Er geht aus dem Zimmer, die Treppe hinunter. An der Haustür spürt er Annas Arm auf seinem Ärmel.

»Mendel, bleib hier. Geh nicht weg. Du hast zuviel getrunken.«

Er dreht sich um und sieht sie an. Da steht sie vor ihm, da steht alles, worum sich sein Leben dreht, alles, was er denkt. Ihr langes schwarzes Haar liegt auf ihren Schultern, ihre Augen sind groß und wild vor Angst. Er kann jede Linie ihres Gesichts in sich fühlen, es ist, als ätze sie sich in ihn ein, hier, in diesem Moment.

»Ich hab das nicht ernst gemeint, was ich gesagt habe«, sagt sie. »Über Schuld und Sühne.«

Er schüttelt den Kopf.

»Doch«, sagt er. »Das hast du wohl gemeint. Aber es macht nichts. Du bist nicht, was deine Eltern waren.«

Sie nickt heftig. Das Haar fällt ihr vor die Augen.

»Doch«, sagt sie. »Ihr Name. Und ihr … ihr Haus. Erbe. Warum, glaubst du, arbeite ich nicht? Niemand will mich.«

Erst jetzt hört er die Trägheit ihrer Zunge.

»Aber zwischen uns gilt das doch nicht, Anna.«

»Für mich.«

Opfer wird Henker. Durchfährt es ihn.

»Für mich gab es mehr«, sagt er.

Er öffnet die Tür. Die kalte Nachtluft strömt herein.

»Komm her, Mendel. Geh nicht weg.«

Er blickt zurück. Ihr Bademantel hängt offen herunter. Ihr Körper ist klein in der Umrahmung des großen schwarzen Mantels. Sie macht einen Schritt auf ihn zu, greift seinen Ärmel und zieht ihn an sich, während sie mit dem Fuß die Tür zustößt. Er spürt ihre Finger über seine Brust wandern. Sie reißt sein Hemd auf. Er sagt ihren Namen.

Auf dem kalten Marmor in der Diele sitzt sie auf ihm, bläulich glänzend im Mondlicht. Sie öffnet den Reißverschluß seiner Hose. Während sie ihn auszieht, spürt er seine Erektion. Dann rutscht sie nach oben und, langsam, nach unten. Er spürt, wie er in ihr verschwindet.

»So«, sagt sie.

Sie nimmt seine Hände, führt sie an ihre Brüste und preßt sie zusammen.

»So.«

Während er die Welt in seinem Kopf kreisen spürt und das Blut durch seinen Bauch rast, sieht er ihre weit geöffneten Augen. Sie sieht ihn durchdringend an.

»Mendel.«

Ihre Stimme klingt starr.

»Men.«

Der Strudel in seinem Kopf verebbt. Er geht über einen Hügel, einen grasbewachsenen Hügel in einer Landschaft endloser Wiesen. *Herr, nun laß in Friede, lebenssatt und müde, deinen Diener fahren* ... Ein endloses Meer grüner Hügel. *Zu den Himmelsscharen* ... Der Himmel blau wie ... Der Himmel aus Seide und blau.

»Men…«

Sie liegt auf ihm, das Gesicht mit der Wange auf seinem Gesicht. Der Duft von Blumen. Er spürt einen Tropfen über seine Nase laufen. Er streichelt ihr Gesicht. Dann merkt er, daß er derjenige ist, der weint.

V

Den Wald kennt er nicht, aber da er weiß, daß nur der sich verirrt, der den Weg kennt, geht er selbstbewußt weiter, soweit das Unterholz und die Dunkelheit es ihm erlauben. Er fühlt sich wie ein Reiher, stakst mit langen, tastenden Beinen und vorgestreckten Armen durch den Wald.

Nach einer Stunde sieht er zwischen den Stämmen etwas glänzen.

Auf der anderen Seite des Teichs, ein völlig glatter schwarzer Spiegel, umsäumt von anthrazitfarbenen Bäumen, steht eine Jägerhütte. Schwankend, im sumpfigen Moorboden quatschend, geht er um das Wasser herum.

Die Hütte besteht aus drei Wänden, einem mottenzerfressenen Schilfdach und einer kniehohen Brüstung auf der Vorderseite. Er setzt sich auf die Brüstung, raucht eine Zigarette und blickt auf den Teich. Von dieser Seite aus gesehen ist das Wasser nicht schwarz. Die Sterne machen Löcher hinein, die Wagenspur der Milchstraße spiegelt sich wie ein schwacher opaler Schleier. Er würde am liebsten einen Namen auf das Wasser schreiben.

Dann bricht der Himmel auf, und der Donner dröhnt. Schwere Regentropfen klatschen auf das

Dach des Waldes. Er schlägt den Kragen seines Jacketts hoch und versucht, nicht zu frösteln. Ein Blitz peitscht den Teich, das Wasser brodelt.

Das Gewitter dauert so lang, daß der Regen durch das Schilfdach sickert, erst sacht, dann immer heftiger, bis er, hinter der Brüstung auf dem Bauch in der Hütte liegend, den Guß auf seinen Körper dreschen fühlt. Er fragt sich, ob er noch nasser werden kann als so. Es scheint, als wären nicht nur seine Kleider naß, sondern auch seine Haut, sein Fleisch, seine Eingeweide, seine Gedanken.